堅持到自由的那一天

願　純粹理念源遠流長

愛能擋一切威權

我的先生是政治犯

黑牢、黑名單、黑道試煉的愛

黃育芯 著

目錄

推薦序一

恐怖的時代、浪漫的故事

國史館館長　陳儀深

《台灣自救宣言》的主要起草人謝聰敏在三年前的九月八日逝世，另一位參與撰寫的魏廷朝則早在一九九九年十二月二十八日便離開人間，而領銜發表宣言的彭明敏教授在今年四月八日逝世，有媒體說這是告別一個時代，告別甚麼時代呢？那是一個黨國一體、爪牙密布的恐怖統治，幾位勇敢的書生吸收國內外思想養分、然後寫出批判獨裁的檄文、以為藉此喚醒民眾即可推翻黨國的浪漫時代。

今年（二〇二二年）中秋節，我去桃園參加魏廷朝遺孀張慶惠女士的告別式，除了冠蓋雲集，也看到很多地方的市議員候選人都來捻香，心中不禁感慨：諸多要參政的人是否已理解台灣民主的辛酸歷史？是否理解魏廷朝和張慶惠所代表的時代精神？

過去已經有彭教授自述的《自由的滋味》，有張炎憲主訪的《謝聰敏先生訪談錄》，也有張慶惠總策畫的《賭鬼的後代：魏廷朝回憶錄》，都是珍貴的史料，但是從共患難的夫人（女性）的角度怎麼看、怎麼想呢？記得一兩年前我曾經口頭向謝聰敏夫人詢問，可否為她做口述史？一方面由於她的謙辭、一方面我自己也忙碌，就沒有繼續邀請說服了。

如今看到黃育芯女士眼明手快的作品，我就比較放心了，作者及時訪問了謝夫人邱幸香女士、魏夫人張慶惠女士，以流暢的文筆串成了《我的先生是政治犯—黑牢、黑名單、黑道試煉的愛》這本新書，包括謝聰敏在美國如何與幸香女士結婚、一九八〇年代在美國參加美麗島週報、推動組黨以及台灣人返鄉運動的情形，回台之後在故鄉彰化參選立委的點點滴滴；以及張慶惠為什麼被魏廷朝稱為天使、這位國中女老師如何走上政治的意外人生。謝聰敏的晚年病苦，幸好有妻子和兒子一起照顧陪伴；魏廷朝的家書、情書，與兒女的情深互動，以及張慶惠與民進黨、鄭文燦的互相關懷照顧，都在本書交織相映、留下紀錄。

謹向各界推薦本書，讓我們更了解那個恐怖的時代，並緬懷台灣人面對苦難的浪漫精神，以便充實我們迎向未來的更豐富的資糧。

推薦序二

這是一本血淚交織而成的書

國立台北教育大學名譽教授　李筱峰

在白色恐怖時期的眾多案件中，最受矚目，且提出較周延的台灣獨立理論的，要算是一九六四年由謝聰敏、魏廷朝和他們的老師彭明敏教授共同完成的《台灣人民自救運動宣言》。全文約七千餘字，若加以化約，可以濃縮成以下三句話：「制定新憲法，建立新國家，加入聯合國」。這是一般民主國家最基本的條件，也是我們今天仍無法完成的理想。但是他們卻為了說真話而換來牢獄之災！尤其是謝聰敏、魏廷朝被處重刑！在審判的過程中，受盡苦刑！

在兩蔣威權統治的白色恐怖陰影下，許多受難者及其家屬，不僅本身受煎熬，更受到親友的疏離與冷落，因為親友們怕被牽累！然而，魏廷朝、謝聰敏的夫人卻敢以身相許，嫁給人人避之唯恐不及所謂「叛亂犯」！張慶惠女士、邱幸香女士為何能有這樣的勇氣與覺悟？丈夫在獄中受身心的煎熬，她們在外面又何嘗不是受更大的無形監獄的煎熬！

青年作家黃育芯小姐曾對兩位夫人做了深度的訪談，這本訪談紀錄，為台灣歷史留下見證，為偉大的女性寫下紀錄！這是一本血淚交織而成的書。

我除了感動之外，更加感謝！
除了感謝之外，也更加感動！

——二〇二一．九．二十九

推薦序三

有一天我們會在天家再見

謝聰敏太太　邱幸香

五〇年代、六〇年代戒嚴時期，政治犯是終身職，當時的社會氛圍是人人避之唯恐不及，甚至有的連至親都要與之劃清界線，更不用說想謀得一個工作是如何困難重重了。成為政治犯，他們所付出的代價也許是為了追求心目中的理想而甘願受難，但是作為他們的家屬，其所遭遇的連累與承受的痛苦並不亞於當事人本身。

在我們四十年的婚姻生活中，我們曾受到特務的炸彈攻擊、選舉時黑道暴力襲擊、追辦拉法葉艦案時全家安全遭受威脅，此外，還有經濟上的壓力等等，整個生活大部份都處在恐懼當中。在這過程裡我們僅有靠著信仰一次一次渡過難關，我真感謝上帝在我軟弱時，祂添加我智慧與力量，因為聖經上說，「你不要害怕，也不要驚惶，我是你的神，我必用我公義的右手扶持你。」

二〇一九年九月八日，聰敏走了，結束了他坎坷的一生，在最後十年的洗腎生涯中，他也比一般病人豁達。我們沒有聘僱外勞，都是我一個人在照顧。在經歷過那麼多挑戰後，照顧他也就沒有那麼辛苦，至少不再有威脅了。

他走得安詳，回到上帝那裡，有一天我們會在天家再見。死亡不是結束，而是是另一個生命的開始。

對他的離開我也感到安慰。四十三年前在我們的婚禮上我向上帝承諾，不管貧富，健康或病痛，我們都要互相扶持，我做到了。

最後，我想告訴朋友們，政治犯家屬的心酸，只有走過的才能體會，這不是一條容易的路，妻離子散家庭破碎的很多。走過的固然慶幸，走不過去的也要有同理心不要苛責他們。

感謝黃育芯小姐的熱心與努力，才能成就本書。

推薦語

台灣觀光協會秘書長　簡余晏

那一年認識慶惠姐見面問她的第一句話是：「做為相對保守的學校老師，您竟敢選擇嫁政治犯？」她的回答令人動容：「因為我愛他，而且我勇敢！」這勇敢的力量已化為改變台灣的種子，引領我們繼續前行。

作者序

二〇二二年的中秋節，《台灣自救運動宣言》的共同發表人之一魏廷朝，他的牽手張慶惠女士正式告別了這世間。

在兒女魏新奇、魏筠的張羅下，這一場告別式看似盛大卻異常樸實—盛大的是前來送行的人有呂秀蓮前副總統、鄭文燦市長、桃園市長參選人鄭運鵬、立法委員們、議員們、議員參選人們、客委會主委楊長鎮；還有魏姓、張廖簡……等等宗親會；國家人權博物館、國史館、彭明敏文教基金會、謝聰敏文教基金會的代表；二二八、美麗島、政治受難者協會代表；新世紀婦女協會成員、政黨代表、報社、出版社……，站在會場裡面看著一波一波前來告別的人潮，一度擔心不知道這場告別式會進行到什麼時候。

但，樸實的是，整個會場沒有過多的一朵花、一張紙，兄妹倆只在會場隔壁另外安排第二場地，提供前來致意的親友休息或觀禮，當中禮儀公司的工作人員來來回回遞送茶水，生怕怠慢了，失了母親的禮。

儀式過後訪問魏筠，她說：「一切似乎冥冥中註定，若不是今日她有選舉，大家愛屋及烏關照她、幫忙她，光靠他們兄妹恐怕也無法幫媽媽張羅這一場還算風光的喪禮。」

思忖良久，這場喪禮的情境，是我未曾見過的風景。一波一波的人潮，拄著拐杖也有，扶著彼此也有，灰白頭髮也有，正值壯年的也有，大部分都是輕簡衣裝，或者揹著公事包前來，看得出來是特地繞道前來致意，如果沒有真的情誼，恐怕也不會前來送行。在政治的世界裡，喪禮也是一個公關場，但，場內公關氣息極低，讓人意外。

後來，司儀提到二二八、美麗島、政治受難者……等等團體的致意，突然，我以為我身在台灣民主浪潮交會的激流上，老者，致意的不僅僅是張慶惠女士的離別，還有他們那一代對民主、人權義無反顧的浪漫回顧。這是時代告別，大時代的告別！

就在張慶惠女士告別式的前兩天、九月八日是謝聰敏前輩過世三周年，我想起跟他的妻子邱幸香女士約訪問時，她選擇在國立師範大學林口校區，也就是僑生先修部受訪。她自己開車赴約，訪問後她還帶我們在校園裡散步，因為這裡是當年她照顧丈夫時，透氣紓壓的地方。丈夫那一代的衝鋒陷陣，到當今台灣民主的實現，生命起伏並不是選擇婚姻時能夠預想的，然而，歷經種種波折與災難，我們從邱幸香女士的訪問中，得到的依舊是滿滿的樸實與理想性，在陪伴丈夫承擔種種難關之後，她僅是堅毅地說：「神的恩典夠我用！」。原來，他們的沉默承擔，換來我們的歲月靜好。

一九六四年中秋，彭明敏教授、謝聰敏、魏廷朝三人在台北圓環計劃印刷《台灣自救運動宣言》發送，卻來不及發表就被蔣家政權展開鋪天蓋地迫害構陷。事情至今已將近一甲子，越了解事情始末，就越感到這個大時代，沒有一件事情是簡單的，越樸實，背後代表的是越純粹的理想性！

願，理想傳承，源遠流長！

01

楔子——撐起整片天

一九六四那一年中秋節

一九六四年九月六日，東京奧運的聖火抵達台北。這一場亞洲首次舉辦的奧運會，聖火傳經亞洲包含伊斯坦堡、新德里、曼谷、香港、台北……等十二座城市，象徵當時亞洲國家地域共同體的關係，對中國國民黨而言，也是與中國共產黨在國際角力中，難得的好消息。

東京奧運聖火在台北停留兩天，九月七日旋即離開台北。

兩日的風光，台北萬人空巷，任誰也意想不到兩個禮拜後，《台灣自救運動宣言》已經印刷好醞釀發表。宣言裡開宗明義以「一個中國，一個台灣，早已是鐵一般的事實！」正面戳破蔣氏政權的神話，更令當權者坐立難安的是，帶頭的人居然是一年前甫獲選首屆十大傑出青年的台灣大學政治系主任彭明敏教授。

《台灣自救運動宣言》由謝聰敏起草，全文將近五萬字的內容是謝聰敏博覽群書後，對當前台灣威權體制應全面改革的冀望，也是謝聰敏、魏廷朝長期拜訪彭明敏教授，師生三人針對台灣的處境及所面臨的內外問題，反覆討論分析出來的結論。把《台灣自救運動宣言》拿來跟台灣當前的趨勢相印證，足見三人的真知灼見，在將近六十年前就把台灣未來的路途看得一清二楚。

謝聰敏花了兩個多月的時間將宣言的基礎架構建立起來之後，再由魏廷朝修飾與彭明敏教授畫龍點睛，把《台灣自救運動宣言》精簡至六千多字定稿。接著，謝聰敏又積極奔走籌措資金、尋找印刷廠，風聲鶴唳下，終於在一九六四年九月二十日，那天恰巧是中秋節，彭明敏教授與學生謝聰敏、魏廷朝三人，將《台灣自救運動宣言》送去台北圓環的一家小印刷廠，親自監印一萬份，並準備一封一封親筆抄寫地址寄送各個人民團體與公職人員，未料國民黨情治單位早已佈下天羅地網，三人還來不及離開暫時棲身的旅館，就被六、七名情治人員持槍拘捕了。

這一拘捕，讓三人成為蔣家政權眼中罪不可赦的「政治犯」，威權體制如幽靈一般桎梏著三人的分分秒秒、一呼一吸，逼迫彭明敏教授告別熱愛的家鄉展開二十二年海外流亡的人生，謝聰敏與魏廷朝則在政治黑牢裡歷盡折磨。

專制政權的壓迫並沒有讓三人從此放棄追求台灣民主的理念，相反地，他們奔走得更加積極─彭明敏教授透過學術的影響力，向世界各國爭取支援與宣傳台灣處境，並在《台灣關係法》的立法過程中，在美國眾議院公聽會作證，主張增訂保護台灣人民的人權條款，提倡人權必須包括人民有選擇政府的權利；謝聰敏在兩次黑牢後出走美國，倡議「非暴力行動」，積極參與海外台灣人爭取島內民主改革的組織活動；魏廷朝三次進出政治黑牢，耗盡人生十七年又一百天的精華歲月，卻不曾停筆論政。其中，謝聰敏與魏廷朝兩人在第一次遭受政治黑牢之災時，均未成家立業。

在戒嚴時期，只要沾上「政治犯」三個字，便彷彿染了瘟疫一般人人避之唯恐不及，身邊的親友也無一倖免，蔣家的專制政權就是這樣透過操弄意識形態與恐懼，在台灣社會架設了無形的牢籠，對付與當權者意見不同、立場不同的人。謝聰敏曾在《台灣自救宣言：謝聰敏先生訪談錄》書中提到，「政治犯及其親族不被社會接受甚至冷漠以對，親人還被當成扣押人質處理，處處都被特務跟監追蹤，忽前忽後不知誰會在下一秒鐘出賣你的恐懼，沒有經歷過的人是很難想像的。社會上還到處充斥極權獨裁者蔣介石的畫像與塑像，象徵『老大哥』到處監視，恐怖彷彿無所不在，這種政治犯及其家族的處境和悲哀，不就是典型『集權主義』的寫照嗎？」他更沉痛指出「唯有那種『人人心中都有小警總』，不斷自我官檢的感覺，才真正叫人怕入骨髓。」

《台灣自救運動宣言》一案，彭明敏教授遭判刑八年，後來因為國際各界施壓，在監禁十三個月之後，國民黨不得不特赦彭教授，但卻反手展開五年不曾間斷的二十四小時跟監以及對其親友的騷擾、迫害，逼得彭教授不得不變裝流亡海外；而謝聰敏與魏廷朝兩人則分別被判刑十年與八年，儘管因為一九六六年蔣介石連任總統刑期獲得減半，兩人假釋出獄後仍因「政治犯」的關係求職無門，隨後更被構陷牽涉一九七〇年台南美國新聞處以及一九七一年台北美國商業銀行兩起爆炸案，再度遭到拘捕入獄，這一次的入獄，謝聰敏還差一點因為膽囊化膿延誤就醫而枉死景美看守所，所幸妹妹謝秀美奔走救援才保住一命；另一處牢房裡的魏廷朝則因為獄中禁止交談，差點忘記話要怎麼說。

這就是專制政權下，說真話的代價！

幸好，上天悄悄開了另一扇窗。二次出獄後，謝聰敏決心前往美國尋求實踐理想的機會，也在紐約遇見邱幸香女士，兩人相知相惜於一九八〇年互許終身；出獄後的魏廷朝也在弟媳楊金妹老師的介紹下，認識在內壢國中任教的張慶惠老師，並於一九七七年十月三十一日結婚。謝聰敏、魏廷朝兩位政治犯，在飽受專制壓迫與生命威脅後，終於也能成立家庭，擁抱天倫之樂。

然而，現實並不是從此過著幸福快樂的日子，「政治犯」的標籤也不是一朝一夕就可以被撕掉。在美國倡議「非暴力行動」的謝聰敏，被國民黨列為黑名單，為了實踐「非暴力行動」的理念，謝聰敏展開多次返鄉闖關之路，以自身生死挑戰國民黨政權的底線，身為謝聰敏的妻子，邱幸香女士毫無條件、義無反顧地信任、支持；而原本單純地在國中執教鞭的張慶惠女士，因為「美麗島事件」魏廷朝遭國民黨三進宮再進黑牢，被迫挺著即將臨盆的大肚子成為類單親，母兼父職。若一層層揭開「政治犯」的面紗，他們能否挺直腰桿對抗威權，除了仰賴理念支撐，另一個力量就是來自家庭的相挺，畢竟將「理念」投入現實，並不能解決柴、米、油、鹽、醬、醋、茶這些開門七件事，也不能分擔生、老、病、死的生命歷程，更不能形成防護網抵抗人言可畏的無形暴力，「政治犯」被入獄了、被黑名單了，承擔的親屬、家人、妻兒，所受的苦難與屈辱，並不會少於「政治犯」，或者，可以說有過之而無不及。

邱幸香女士與張慶惠女士就是在這樣的社會氛圍裡，堅強地承擔丈夫理念下的現實重擔，在謝聰敏、魏廷朝追求台灣民主改革的歷程中，為他們以及家人排除萬難，撐起整片的天！

1981 年邱幸香與謝聰敏的兒子 Justin 出生

於佛羅里達經營的旅館內合照全家福

回台前在芝加哥友人家中拍攝的全家福

1988 年 10 月 16 日謝聰敏返鄉運動回台，成為第一個和平回台的海外黑名單人士

1991 年謝聰敏競選國大代表，邱幸香投入輔選

邱幸香為愛站上民主戰車

邱幸香陪同謝聰敏騎腳踏車掃街競選立委

1994 年戈巴契夫訪台時的合影

2000 年為拉法葉軍艦佣金弊案，赴法訪問法國前外交部長杜馬（右二）

2001 年謝聰敏出席《浮出：尹清楓案為何剪不斷理還亂》新書發表會

02

邱幸香與謝聰敏
——紐約結婚

美國相遇

一九七九年，第二次出獄的謝聰敏正張羅著以商業考察為名義的出國計畫，打算出國一個月看看有沒有生意可以做，同時，他也焦急地催促魏廷朝趕快出國，因為一切消息都指稱，再不走國民黨又要抓人了。然而好不容易出獄的魏廷朝因為不想讓母親千里懸念，加上已經結婚生子，於是選擇留在台灣，為《美麗島雜誌》提筆論政。

一走一留之間，又是另一波政治迫害的苦難。

隨著中國共產黨的政權日趨穩固，世界各國開始轉身投以青睞的眼光，一九六四年法國率先承認中華人民共和國的存在並與其建交，隨後一九七一年中華人民共和國取代中華民國在聯合國代表「中國」的席次，國際局勢如此，美國變心也是遲早的事。終於，一九七八年十二月底，蔣經國正式當選中華民國總統才不過九個月的時間，美國就捎來斷交訊息，並閃電般於一九七九年元旦宣布與中國建交，整個台灣的不安像炸開的鍋爐，有能力的紛紛移民避走，選擇留在台灣的有志之士更積極推動民主改革，最具代表性的就是一九七九年八月創刊的《美麗島雜誌》，一出刊就創下台灣史上單期發行量最多的政論性雜誌的紀錄，僅僅四期就凝結龐大的民意，並於同年的十二月十日在高雄舉辦紀念國際人權日的集會遊行，訴求民主、自由與人權，要求解除黨禁、報禁與戒嚴，引來國民黨激烈鎮壓，爆發自二二八事件後最大規模的警民衝突，演變成「美麗島事件」。

接著，國民黨祭出鐵腕全面性大搜捕，不僅遠走海外的台灣人包含謝聰敏被列為黑名單，有家歸不得，留守台灣的魏廷朝也被逮捕入獄，三進宮。

一九七九年九月二十八日謝聰敏終於獲得警備總部放行得以離開台灣，第一站先前往日本，拜訪昔日替他從黑牢中傳遞資訊、伸出援手救援的人權工作者與組織，期間也跟彭明敏教授、史明、台獨聯盟日本支部的朋友見了面。在日本短暫停留一周後，謝聰敏旋即前往美國，借住好友賴文雄（註1）紐約的家裡，並在「台獨聯盟」及「台灣同鄉會」的安排下，輾轉到美國各地演講，後來又接受德國的國際特赦組織的邀請前往歐洲巡迴參訪—因為謝聰敏是第一個被他們救援且可以成功踏出國境的人。在歐洲參訪期間，國際特赦組織曾提議幫謝聽敏申請政治庇護定居歐洲，以免再度受到威權政府的打壓，但謝聰敏幾經考慮後，最後還是決定回到紐約，與海外台灣人一起為台獨運動的理想奮鬥。

回到美國後，在紐約的教會遇見邱幸香女士，兩人因理念結合，很快就結婚了。

邱幸香的外公陳寄生是屏東佳冬望族，林邊公學校畢業後接受私塾漢詩文教育，漢學底蘊深厚。年輕有為的他，十九歲承接家業經營有成，且熱衷公共事務，曾擔任高雄州青果同業組合評議員、台灣青果會社代議員、佳冬庄協議會員等職，喜好吟詩的他更與好友創立「東林吟會」、「興亞吟社」等詩社，活躍於商場與文壇。正因陳寄生為人熱心且好評議時事，遭到當時的日警列為危險分子，因「東港事件」（註2）遭波及，被日本人逮捕入獄、刑求，出獄後染上肺炎拒絕治療不幸病逝，得年四十八歲。

「外公對日本人非常反感，認為總有一天要把日本人趕回去。」即使不曾謀面，邱幸香也了解外公對日本人的深惡痛絕。

「當時外公對中國是有所期待的，所以在他建造的大莊園裡，有一個中國地圖造景的花園，旁邊還有一座荷花池，很漂亮的荷花池。當時他被日本人抓去關、被刑求，他知道他自己本身是一位詩人兼漢人，認為就算日本人放他出獄也還會再把他抓進監獄，所以他獲釋後，他就……因為他在獄中被日本人打得滿身傷，所以他出獄以後就拒絕醫治，他寧可自己死在家中，也不要再回到日本人的手裡頭被刑求到死。」憶起外公，邱幸香不勝唏噓嘆道：「沒想到國民黨政府來到台灣，比日本人更可惡！」邱幸香的外公陳寄生病逝後，他的三個弟弟陳敏生、陳銓生、陳荻生一樣堅持知識份子的良知，在日本時代因為反對日本統治而遭到跟監壓迫，到了國民黨時代卻又因為看到國民政府對台灣人民的種種欺壓起身反對，結果遭到國民黨誣陷為共產黨並展開追捕，家族因為戰爭與白色恐怖遭逢一連串變故，幾乎無以為繼。

正因為這樣的家學淵源與價值觀，邱幸香在看到謝聰敏時，同情之情油然而生。「其實那個時候，台灣政治還是在一個戒嚴之下，所以你在台灣都不能談政治，但是海外就很開放，大家都很熱心參與，尤其一九七〇年發生黃文雄刺殺蔣經國的事件，美國各地留學生風起雲湧，後來一九七九年美麗島事件國民黨抓很多人，美國同鄉就非常熱心參與、示威。」當時，邱幸香已經在紐約定居八年了，因為信仰基督教，都會在紐約皇后區木邊鎮的恩惠歸正教會做禮拜。除了恩惠歸正教會，紐約還有許多教會是台灣長老教會系統，教友以台灣人居多，也是在美台灣人彼此聯繫的據點。

值得被照顧的那個人

回憶起第一次見到謝聰敏，邱幸香眼神閃閃發光，「當時大家有熱情但是好像找不到一個頭，聰敏剛好從歐洲回到美國，所以大家都找他，我們那時候……我也曾經去參加那個示威，示威得很大那一次。當時他們就是要做一些旗幟、還有一些後續的籌備工作。待在紐約的台灣女孩子們都很勇敢，我就跟著去做這些準備工作，買布來縫紉、做旗幟、做一些東西，有些家庭就會負責接待，接待我們這些參與的人，那時聰敏剛好住在賴文雄家，很多人都聚在那裡……。」賴文雄是謝聰敏在台大就認識的好朋友，在美國經營各種事業出錢出力支持獨立運動，也是謝聰敏在美國可以暢言台灣人事物的對象。在賴文雄家中，邱幸香跟著眾多關心台灣未來的年輕人，聽謝聰敏描述台灣在蔣家威權下的實況，以及他在黑牢裡遭受的刑求與特務跟監的情景，「你聽他講，發現他講的好像跟我們在海外聽到的有一些差距，但是我認為他講得比較中肯、比較實際，比較沒有喊一些空洞的口號，但是有的人聽不進去，有的人甚至質疑說：『你為什麼不要求把那些曾經對你刑求的人揪出來打死？』就講這種情緒性的話，但是謝聰敏就回說：『這是一個結構性問題啊！他在執行他特務的工作，事實上指使他做的人，那個才是你要去打破的，這些人（特務）你打了他，還是有其他的人去頂替這個工作，這不是根本解決問題的方法……。』他就是這樣子回答這些問題」。

當時邱幸香眼中的謝聰敏是經歷兩次政治黑牢、遭受各種刑求、差點因為膽囊化膿死在獄中的孱弱模樣，「我看到他的樣子很可憐，就是身體很不好，走路也不是很正，因為他被刑求，所以，我是覺得說他如果在台灣可能大家會避之唯恐不及，根本不會嫁給這種人，但是我覺得他不是一個壞人啊！為什麼要把他隔離？他常常都是笑笑地在講他經歷過的事情，有的人會說那是他編出來的，用國民黨那一套說法來攻擊他，但是我相信謝聰敏說的是真話！因為我們家也是有這樣的經驗，我的外祖父那邊也曾經在日本統治台灣的年代被捕入獄、被惡意刑求，所以我相信他講的是真的，我覺得他是一個很可以值得被照顧的一個人。」

沒有羅曼蒂克，不是託付終身，年紀比謝聰敏小十五歲的邱幸香選擇一個「值得被照顧」的男人，連謝聰敏也承認「我太太對於嫁給我過困苦生活這件事早有覺悟」，而邱幸香也真的在神的見證下，澈底實踐「從今以後，無論是順境或逆境，富足或貧窮，健康或疾病，我都將愛護你、珍惜你，直到天長地久。」

註1　一九六六年「全美台灣獨立聯盟」（UFAI）成立，賴文雄負責組織部工作，同年十一月十六日他與張燦鍙、陳榮成開著一部舊車從洛杉磯出發，從美西穿越美中到美東，以土法煉鋼的苦行方式拜訪在美台灣人並說明理念，這一趟大約八千英哩的「自由長征」讓聯盟組織快速茁壯，郵寄名單從四百名擴大到四千名。同時聯盟也在十一月二十日集資在紐約時報刊登《台灣自救運動宣言》中英對照版的廣告，在美國校園裡的台灣學生引起極大迴響，也為日後的組織網跟募款打下良好的基礎。賴文雄在美國紐約經營一家東方雜貨店，也從事園藝、餐館等事業，一九七〇年的「四二四刺蔣案」他也是四位籌劃的成員之一，因為刺蔣案與聯盟成員意見不合，漸漸疏遠台獨聯盟。

註2　「東港事件」為日本統治台灣晚期約一九四一年至一九四五年間，在總督府的縱容下，高雄州特別高等警察以勾結中國人為由，對當時南台灣約四百至五百名的台灣菁英展開一連串的大肆拘捕、刑求、監禁，先後發生鳳山事件、東港事件、旗山事件、旗後事件，當中又以東港事件規模最大，也稱為「高雄州特高冤獄事件」。

03

邱幸香與謝聰敏——黑名單的妻子

被列黑名單

「美麗島事件」前夕獲准出國的謝聰敏，原本規劃一個月後就要回台灣，然而，在他完成走訪日本、美國、歐洲的行程之後，竟被國民黨列為黑名單，從此有家歸不得，一直到一九八八年在前總統李登輝先生的指示下，意外成為第一個和平回台的海外黑名單人士。

依據學者陳昱齊的論文「國民黨政府對美國台灣獨立運動之因應（一九六一－一九七二）」所述（註1），「護照延期核准與否是國民黨因應海外台獨運動的重要策略」，「隨著美國台獨運動勢力不斷擴展，參與者日增，國民黨也建立『台獨份子名冊』，作為台獨人士及其家眷護照延期或其他申請案件核准與否的參考依據；對台獨人士而言，這份名冊則是阻斷他們返鄉路的『黑名單』。」

在這個前提下，儘管邱幸香本人有意識到選擇謝聰敏的未來將會非常困苦，然而，當父母的怎麼捨得讓掌上明珠嫁給兩次入獄的政治犯以及黑名單份子？所幸邱幸香在哥哥邱南勳的支持下，兩人如願在交往半年後步入禮堂。

組成家庭的謝聰敏有了養家活口的壓力，如何在美國重起爐灶成了眼前最重要的考量，只是想歸想，心繫台灣民主運動的他，到最後還是把全部的心力都放在政治工作上，日常的生活重擔全落在邱幸香身上。「他是經歷過黑牢的人，十幾年的歲月都在監獄裡，所以他對社會的事情、人情世故都不太懂，而我來自一個單純的家庭，從小父母給我的物質條件也比一般人還優渥，不僅僅謝聰敏對錢完全沒有概念，連我自己也沒有吃過苦，所以我也不知道生活原來就是這麼殘酷，你就是要去賺錢，就是要去謀生，在這之前我都沒有覺得錢是一個很大的問題，結婚以後我才知道說，生活就是要硬著頭皮面對啦！」

兩人於一九八〇年結婚，兒子 Justin 在一九八一年出生，邱幸香靠著從事不動產仲介的工作維持家計，「他要妥協我也要妥協，但是在現實生活需求上，我的付出比較多。因為我的觀念仍然比較傳統，覺得我做的每一樣事情都要以家庭為主，我可以犧牲我自己以家庭為優先。這個過程其實是很辛苦，到他走（過世）為止，整個責任都是我在擔，說實在是這樣子。」兩人婚後，謝聰敏就應許信良的邀請，舉家搬往洛杉磯籌辦《美麗島週報》，主要從事編務工作與專欄，期間謝聰敏也開始動筆撰寫「談景美軍法看守所」一書。為了避免禍端，謝聰敏以「梁山」這個筆名發表「談景美軍法看守所」的系列連載，將他在景美軍法看守所的所見所聞以及一些相關政治案件刊登在《美麗島週報》；謝聰敏也撰寫不少文章發表在《太平洋時報》、《台灣民報》、《亞洲商報》、《台灣學生》和《台灣公論報》，鼓吹他所提倡的「非暴力行動」以及「聯合陣線」的理論。

在美國時常公開發表文章，也應邀演講，謝聰敏的活躍明顯踩到國民黨的紅線。

一九七七年謝聰敏二度出獄前，在「景美軍法看守所」曾簽一份保證書，保證出獄後絕口不提獄中所聞，如有違反願受法律制裁。這一份非自願簽署的文件不僅謝聰敏必須簽，也是每一個政治受難者出獄前都必須簽署的文件，「我簽了那樣的約，結果在佛羅里達期間，不但依舊在寫作《談景美軍法看守所》，揭發許多重大的政治案件，還參加很多演講活動，到處批判國民黨，國民黨又怎能一再容忍我這類的挑戰。」（註2）謝聰敏未曾停歇的挑戰行為引來國民黨的報復，在洛杉磯短暫居住期間，他就察覺全家被特務跟蹤，後來搬到佛羅里達州的黛多娜海灘經營海濱旅館，更面臨旅館被放置炸藥恐怖攻擊的威脅，當時的爆炸事件甚至還上了佛羅里達州的新聞版面。

一般人婚後大約會有兩年的蜜月期，邱幸香與謝聰敏結婚之後，就為了許信良籌辦的《美麗島週報》遷離她定居將近十年的紐約前往洛杉磯，隨即又搬到佛羅里達，奔波之餘還得跟著面對特務的跟蹤與炸彈暴力攻擊，再怎麼濃情蜜意也難以招架現實中不斷出現的意外與恐懼，然而出身世家不曾吃苦的邱幸香卻選擇堅毅面對不離不棄，「那時候他要做什麼我也沒有辦法阻止，就只能讓他去做，因為他的每一個細胞都是政治，叫他不去做也沒有辦法。要知道這個人連蔣經國要殺他都沒有辦法改變他了，我，身為他的太太怎麼能夠改變他呢？我只能讓他去做，Let him go，我那時候是這樣子，我知道沒有辦法能夠阻止。」邱幸香就這樣一面支持丈夫的政治理念，一面工作養育甫出生的兒子，在異鄉以職業婦女的姿態成為丈夫最溫柔的後盾。「因為他也不是走一條不對的道路，他今天如果走的是一條出賣台灣人的路，那我會很痛苦，他不是啊！他只是比較不出名而已，就讓他去做！」隱身謝聰敏背後的邱幸香，透過支持謝聰敏，實踐對故鄉台灣的愛。

政治犯家屬的滋味

求學時期的邱幸香在台灣念教會學校，在修女們的引導下，邱幸香閱讀許多六〇年代關於婦女運動、學生運動、社會運動的書，這些書籍都是從美國直接運來台灣，讓學生時代的邱幸香大開眼界，加上當時授課的修女是非洲史的專家，讓她對於國際情勢也比一般台灣學生有更多元的了解。「到美國之後看了很多書，我就知道歷史不是這樣子，歷史不是國民黨給我們洗腦的那一套，看了以後就開始了解台灣的歷史。」因為了解歷史，邱幸香看待丈夫的一切作為就有更多支持的基礎，「我相信聰敏那時候所走的是一個對台灣很有願景、有遠見的看法，不是國民黨的那一套洗腦！」因為相信，身為黑名單的妻子，邱幸香也甘之如飴。

一轉念，邱幸香開始覺得嫁給謝聰敏似乎也沒那麼苦了，而這個轉念也讓邱幸香忍不住笑出來。「我們剛結婚時，我像往常一樣準備一桌菜，他會說你怎麼吃得這麼好、還吃這麼多？煮這麼多？我說太少我不會煮啊！他說，看要吃多少你就煮多少，我說，哪有這麼簡單？」一餐桌上的衝突一度讓邱幸香為之氣結，沒想到追根究柢居然是因為謝聰敏很好養！邱幸香心疼地說：「因為他吃過監獄裡像豬吃的食物。」謝聰敏十幾年的牢獄之災面對的不僅僅是散發酸臭味的伙食，還有潮濕悶熱、地上爬滿老鼠、蟑螂、蜈蚣的牢房，更遭受「背寶劍」、「鳳凰展翅」……等等慘無人道的刑求，導致後來謝聰敏雙臂不能用力、脊椎彎曲嚴重受傷、兩腿走路無法平衡穩定，出獄時一度被醫生診斷活不過十年，他本人後來還會因為聽到「台南」（註3）兩字想起過往刑求的過程，而不斷搖晃著身體在房間裡踱步繞圈。

行過死蔭的幽谷，謝聰敏對於食衣住行完全不講究，樂觀的邱幸香反而鬆了一口氣，「所以後來我想這樣簡單，我隨便煮給你吃你就可以吃了，因為你最差的伙食都吃過，所以我就沒有壓力。」從小在父母呵護下衣食無缺的邱幸香對餐桌的理解本來是有菜有肉，婚後的她居然為了謝聰敏轉為粗茶淡飯，隨遇而安，「有的人要應付先生要求吃好、住好、穿好、開好車，他都不會，我就這樣調適，對物質慾望就降低了。」

不過，物質生活可以調適，面對輿論與人際關係上的冷暴力就沒那麼簡單了。謝聰敏曾說：「政治受難者是終身職，沒有假釋，只有延長刑期。」因為《台灣自救運動宣言》第一次入獄的謝聰敏就深刻體會到被社會隔離的衝擊—在獄中忍耐奮鬥撐到出獄以為是苦盡甘來，沒想到身邊的親友不僅冷淡，還避之唯恐不及，甚至反問他為什麼跟他們打招呼；同窗好友魏廷朝也不遑多讓，求職碰壁只能靠匿名翻譯維生；而曾經被台灣社會捧為政壇明日之星的彭明敏教授更是從門庭若市變成門可羅雀，親友還一一遭到報復。

這樣的冷暴力也因為嫁給謝聰敏，讓邱幸香跟著深刻體會。

「婚後有一些生活細節要磨合，有時候磨合也會很生氣，會覺得我好好的一個生活條件還不錯的人，結果嫁給你變這樣，那時候人家還會怕，不是說不會怕，有的朋友接到我們的電話會馬上掛掉，那是很受傷的，我沒事跟你結婚結果遇到這些遭遇，人生從未遭受過的事情，那時候比較年經，也沒有經歷過，慢慢慢慢……現在我已經無所謂了。」面對這樣的對待，邱幸香自我安慰是「成長」，然而感覺無法騙人，「人家會怕你、不敢跟你見面，你會感受到傷害，輕視的傷害。」

幸好，家還可以成為邱幸香最溫暖的靠山。「在美國要獨自面對很多，所以我的娘家有支援我，我自己也有從事不動產的工作。」而謝聰敏堅持的理念，也得到親戚的認同並投來有力的支持，例如邱幸香的姑姑、姑丈因為認同謝聰敏的理念，就在美國買了一間房子給他們居住，少了購屋的開銷，對邱幸香而言根本是及時雨，讓賺來的錢足以維持家庭支出。

家，就這樣在邱幸香的承擔下一點一滴克難地被撐起，就像謝聰敏全心投入台灣海外民主運動一般，也是憑藉著每一個海外台灣人凝聚的意志力，一步一步地實現，就算彼此意見不盡相同，把台灣推向民主獨立國家這個共同的目標卻不曾動搖。

註1 陳昱齊的論文「國民黨政府對美國台灣獨立運動之因應（一九六一—一九七二）」P. 146

註2 台灣自救宣言：謝聰敏先生訪談錄（P. 325）

註3 謝聰敏第二次入獄是因為被誣陷與一九七〇年台南美國新聞處爆炸案有關。

04

邱幸香與謝聰敏

——從政治獄到政治路

二次入獄的恐怖刑求

謝聰敏的好友、刺蔣案（註1）主角黃文雄在追悼謝聰敏時提到：「因此一九九六年回國後我養成一個習慣：在有他在的場合，我的眼光會不由自主的從他那有名的永遠微笑的臉孔移向他的身體，移向他身體常常會有的不自然的移動和抽動。大家應該不難猜出那些抽動移動是怎麼來的。那是肉眼可見的他為台灣付出的一部分。」（註2）兩度入獄的謝聰敏遭到嚴重刑求，尤其第二次被構陷牽涉一九七〇年台南美國新聞處及一九七一年台北美國商業銀行兩起爆炸案的那一次入獄，更是慘絕人寰。

一九六九年第一次出獄後，謝聰敏就像頑童一般不斷挑戰國民黨威權體制的紅線—明明知道自己遭到二十四小時情治單位的跟監，還是抱持著滿腔熱血為其他政治受難者奔走。就在他一方面利用獄中觀察到的白領階級經濟犯罪出版《買賣中的詐欺、侵占和背信》、《董事的權限與責任》以及《納稅人的權益和保障》三本書籍之餘，他也不忘關注人權問題，並付諸行動嘗試救援政治犯。首先，他冒著風險持續與形同被國民黨軟禁的彭明敏教授見面，再者，他與魏廷朝、李敖一起透過國際人權工作者，將政治犯名單帶到國外發表，企圖揭露國民黨政治冤獄事實，以建立營救政治犯的管道。當中也曾經在一九七〇年「四二四刺蔣案」發生後，帶著紐約時報記者 Donald Shapiro 到黃文雄家中採訪，希望透過國外媒體的關注保護黃文雄家人。如此明目張膽、呼朋引伴，牢獄之門豈不為君開？尤其蔣家威權在一九七〇年的一開始就遭受彭明敏教授變裝流亡、「泰源事件」（註3）、「四二四刺蔣案」的打擊正風頭浪尖，而這幾件事情偏偏都可跟謝聰敏沾上邊—與彭明敏教授持續互動、把泰源監獄的政治犯名單送出國外，以及帶著紐約時報記者訪問刺客黃文雄的家人。謝聰敏一而再、再而三挑動國民黨敏感神經，對統治者來說，構陷入罪只是基本禮儀而已。

一九七一年二月二十三日，謝聰敏與好友魏廷朝、李敖，因一九七〇年台南美國新聞處及一九七一年台北美國商業銀行兩起爆炸案被打進政治黑牢，而這一次，國民黨似乎沒有要讓謝聰敏直著走出牢門的意思。

「背寶劍」、「鳳凰展翅」，這看似武俠小說會出現的名詞，在黑牢裡變身為極盡殘忍的刑求手段，將兩隻手一上一下從背後用手銬銬在一起就是「背寶劍」，而由健壯的便衣特務抓起兩邊手臂旋轉即是「鳳凰展翅」，還有把人綁在單人床上以竹棍打到瘀青流膿……，這些報復性刑求讓謝聰敏終其一生兩手不能提、走路不能平衡，一聽到「台南」兩字就會浮現被刑求的過往，來回在房間裡踱步繞圈子，身體搖晃。幸好妹妹謝秀美鍥而不捨地奔走、小林正成幫忙送出求救信函被紐約時報刊登，以及三宅清子等國外人士與國際特赦組織的關注與救援，原本可能被判死刑的謝聰敏才九死一生，改判十五年徒刑。

威權的幽靈

而這些在政治獄遭受的恐怖經驗，不知不覺也內化到謝聰敏的潛意識裡。邱幸香回憶兩人為數不多的爭執場景提到，「發生爭執時，他有時會用很尖銳的語氣跟我講話，我當然會很生氣，後來我就跟他講，你是因為特務都用這種方式跟你偵訊，所以你無形中就會學這一套，你不要用這一套來對付我。我就這樣跟他說，因為他是下意識這樣，所以我會提醒他，你不能這樣對付我，也不能對別人這樣。他得罪人有時候也是因為這樣子。」威權的幽靈折磨著謝聰敏，也影響謝聰敏最親近的妻小，兒子尤其無辜，畢竟他出生在自由民主的美國，不但對於父親熱衷台灣民主的心境無從理解，父子間極少的相處時光更造成難以突破的隔閡，面對父親無意識的威權教養方式，做兒子的只能順從。邱幸香不捨地說：「有一次去教會，他要兒子、一個青少年，他硬要兒子像老人一樣穿上西裝，現在年輕人哪有人穿那樣？大家都是很休閒裝扮唱唱跳跳很開心。我告訴他沒人會這樣穿著他不相信，堅持要兒子照他的意思，兒子不敢反抗就照他要求的穿上西裝，結果上教會一看，兒子穿得像怪物，因為沒有人這樣。當下我就告訴他：『你看到了吧！就跟你講，現在沒人穿這樣你就不聽。』沒想到他居然回我：『都是你一人自作主張！』他的意思是責備我寵溺小孩，兒子會變這樣都是我害的。」

謝聰敏的嚴詞厲色其來有自，回顧戒嚴時期威權體制下的台灣，哪個家長不對小孩說「囡仔人有耳無喙」？蔣家政權的影響根深蒂固，不僅政治上不允許有反對意見，在每個家庭中也都難有反對意見。面對眼前像大孩子一般的謝聰敏，邱幸香意識到這一點，只能收起內心的憤怒與情緒，理性地跟謝聰敏溝通。「那時候我有跟他講：『你被特務刑求、迫害，所以你會用那種態度去對付跟你意見不同的人，不能這樣子。』我發現曾經遭受政治迫害的人，或多或少都有這樣的性格，所以我提醒他，這不應該是正常社會裡的人應該有的反應，要調整。」

從婚姻關係的經營、親子關係的潤滑到民主運動的奔走，邱幸香不僅僅是妻子、母親，更是謝聰敏人生難得的知音。

缺席的父親

一九八六年五月一日，許信良宣布成立「台灣民主黨建黨委員會」，並號召海外台灣人團體進行「組黨遷台」和「返鄉運動」。為了實現這個理念，除了募款聘請公關公司提供專業協助，謝聰敏等人開始四處奔走遊說，希望爭取美國政界人士的認同以及同樣在美國爭取民主改革的流亡團體的支持，當時行李是隨時打包好，以便說走就走。後來謝聰敏回想起這段歲月，也不禁覺得虧欠，在小孩成長最關鍵的青春歲月，父親居然是常常缺席的。

當時，身為妻子的邱幸香是怎麼想的呢？「我知道他一生就是為這個而活，連他身體的每一個微小細胞都是政治，他不可能對家庭有什麼照顧，所以我是很認命地承擔，」講到這裡，邱幸香的眼淚忍不住流下，「但是承擔到最後也是會很難過，後來我是靠著信仰的力量—在神凡事都能，包括他老年後的照顧也是我在打點，你沒靠上帝、沒靠主，你要靠誰？沒有人可以幫你。」遠在美國，獨撐家計的邱幸香不喜歡出風頭，隱身在謝聰敏身後打點一切，讓謝聰敏無後顧之憂地跟著民主同志東奔西跑，感到無力之時，最後是靠著信仰獲得力量。「每次覺得撐不下去的時候，我就會祈禱、跟上帝說：我沒有辦法，我沒有辦法，但是很奇怪，神就是會開一條道路，讓你走過去，然後你在做這些事情的時候，你就不會埋怨，你就會覺得神與我們同在。」擦乾淚水，邱幸香分享了一個聖經故事，「使徒保羅他說一句話，他說：神在每一個人身上放一根刺，保羅身上也有那一根刺，讓他覺得要走不下去了，對神說：你能不能拿掉我身上那一根刺？但是神沒有拿掉那一根刺，神說：我的恩典夠你用。所以保羅靠著這一句話『我的恩典夠你用』，靠著這一句話他就走過來。對，我也是把這句話當作我力量的支撐。」

「我的恩典夠你用」，支撐著邱幸香在美國的日子，一九八八年前總統李登輝下令內政部長許水德解除謝聰敏的黑名單限制，讓謝聰敏成為第一個和平回台的海外黑名單人士，隔年，邱幸香將唯一的兒子暫時安頓在美國親友家中，也跟著丈夫回到台灣。「那就是他的使命，他來這個世間這個就是他的使命，所以儘管擔心他的安危，但是心中也明白我不可能阻止得了他，我就跟你說，蔣經國要殺他他都敢對抗，我怎麼可能阻止得了他？我只能調適自己。」經過五次申請入台簽證慘遭退件，以及兩次闖關回台失敗，謝聰敏終於在第六次申請成功返台。令人意外的是安然回到故鄉之後，邱幸香反而不是期待丈夫回歸家庭，而是鼓勵他勇敢從政。「我覺得是一個新的時代來了，一個新的潮流來了，也許他可以去從政，這是我的想法，去鼓勵他，不然他也不能當教授，也不能做律師，一生就這樣度過很可惜，所以我就鼓勵他去從政，為了鼓勵他去從政，我也回台灣去幫忙，全力地去幫他打基層。」

回台選舉對決黑道

毫不遲疑，邱幸香從賢內助變成最佳助選員，因為相信丈夫是一個可以站上舞台的人，所以放掉美國的工作回到台灣幫忙，也因為太了解丈夫的個性，所以跟前跟後打點照顧。「選舉這件事，錢要解決、也要去打基層，我看他是不太會去注意這種小細節，所以我就回來幫他打基層。」對於邱幸香而言，從美國回到台灣的犧牲有多大？當時邱幸香在美國從事房地產開發，是個擁有事業的職業婦女，不但已經在美國定居二十年之久，小孩也在美國成長求學，倘若放棄美國的基礎回到台灣，就算娘家全力提供支持援助，也必須面臨重新適應台灣生活的風險，更何況邱幸香與謝聰敏都已經年過中年，要重新串起人際網絡談何容易？但這一切在邱幸香決定回台灣那一刻起，都已經不是她考量的問題了。

「他回來要如何扎根是最重要的，雖然說他是彰化人，可是他沒有根，既然選擇要在彰化選，就要找出基層。」話雖這麼說，邱幸香顯然過度低估在彰化選舉的複雜性。從一九六四年起草來不及發表的《台灣自救運動宣言》起，謝聰敏就因為兩次入獄以及被列為海外黑名單而幾乎與生長的故鄉斷了根，離鄉的他抵擋不了在地的龐大勢力，一九九一年競選國大代表就因為黑道而敗選。好鳴不平的謝聰敏隨即撰寫《黑道治天下—二林投票日暴力事件》，譴責選舉期間對監票員施行恐嚇毆打的黑道勢力，因此激化支持者與黑道之間的關係，於一九九二年一月二十六日發起「反暴力、反賄選遊行活動」，結果謝聰敏與妹妹在遊行中遭黑道挑釁並毆打成重傷。沒想到謝聰敏闊別多年的故鄉居然變成黑道之鄉，甚至被毫不留情地暴力對待往死裡打，問邱幸香怕不怕？她毫不猶豫地說：「哪有不怕的道理？可是，我必須克服恐懼，才能夠往前再走。我當時浮現的不是後悔的心情，而是要克服害怕，所以當時在鄉間拜票，總是提心吊膽不知道什麼時候會被襲擊，有時候我自己一個人晚上去跑宮廟場子跟他們泡茶打交道，都是自己開車，行經的道路兩旁都是甘蔗田，現在回想，其實是不知道要怕，而不是不怕。」真的是初生之犢不畏虎，完全是選舉門外漢的邱幸香在丈夫單槍匹馬拿著擴音機到處宣講之時，她也仿照其他候選人為謝聰敏在彰化成立八個後援會，以理念串連基層，並且對外募款，支撐謝聰敏的選務工作，至今，每當有人提及謝聰敏競選立委的過程，無不稱讚邱幸香是幕後大功臣。

採取跟黑道正面對決的謝聰敏最後還是得到彰化鄉親的支持，連任第二屆、第三屆立委，當選立委首要之務就是提出「戒嚴時期人民受損權利回復條例」以及「暴力團體對策法」，成功讓立法院通過《戒嚴時期不當叛亂暨匪諜審判案件補償條例》、《組織犯罪防制條例》。

雖然選舉勝選了，回歸家庭卻還是免除不了虧欠。一九八八年陸續回到台灣的夫妻兩人，暫時將唯一的兒子委託美國的親友照顧，為了實踐政治理念卻在兒子的成長過程中缺席，謝聰敏的好友陳婉真（註4）曾專文提及「也是黑名單的謝聰敏夫婦回台時，他們決定暫時把讀小學的兒子寄在親戚家，謝聰敏第一次回到故鄉二林參選，被他的黑道同學打得頭破血流，幾年後夫婦才發現留在美國的兒子以為自己突然被父母遺棄，心靈受到極大的創傷，等他成年後回台灣時，發現雖然父母都是台灣人，兒子卻無法入籍，加上謝聰敏是爭大是大非的人，對於自己的事反而不去理會，導致兒子回台灣照顧他時連健保都沒有。」（註5）

從政治獄到政治路，謝聰敏承擔了台灣從威權走向民主的陣痛，邱幸香承擔了謝聰敏無法顧及的生活考驗，而他們唯一的兒子也承擔了父母無法全心疼愛的孤寂。

註1　刺蔣案：一九七〇年已經掌握黨政軍、儼然是蔣介石接班人的蔣經國，以行政院副院長的身分訪問美國爭取援助，當時在美台灣人黃文雄、鄭自才、賴文雄、黃晴美四人籌劃刺殺蔣經國以打破蔣家政權穩固的接班態勢，讓台灣有新的可能。因黃文雄未婚沒有家累，自告奮勇擔任開槍的角色，四月二十四日利用蔣經國前往廣場飯店（Plaza Hotel）演講的機會，黃文雄突破人牆在蔣經國即將步入飯店門口的旋轉門前開槍，未料遭白人警察揮手阻擋並壓制在地，刺蔣行動在黃文雄吶喊「Let me stand up like a Taiwanese!」聲中宣告失敗，黃文雄、鄭自才遭到逮捕，兩人棄保逃亡，黃文雄從此隱姓埋名至一九九六年才在台灣公開露面成為黑名單最後一人，鄭自才則申請瑞典政治庇護未果，引渡美國入獄，一九九一年闖關回到台灣。

註2　《風傳媒》黃文雄專文：謝聰敏，一位「創造性受難的老兵」。

註3　泰源事件：又稱「泰源革命」，是一場有組織的武裝台獨行動，成員有政治犯、駐守泰源監獄的警衛與當地原住民。一九七〇年二月八日，被關在台東泰源監獄的政治犯江炳興、鄭金河、詹天增、謝東榮及陳良等人，帶

著《台灣自救運動宣言》刺殺士官長，計畫奪取槍彈，釋放監犯，向世界宣告台灣獨立，不幸行動失敗，兩周內就被一一逮捕。因五人堅稱是個人行動未牽連其他人，同年五月三十日遭槍決。促進轉型正義委員會在檢視審判過程後認定此案違反憲法權力分立及審判獨立原則，屬應平復的司法不法案件，於二〇二一年十月二日公告撤銷全數五人叛亂罪名。

註4 陳婉真為資深新聞工作者，曾與許信良在美國籌辦《美麗島週報》並擔任總編輯，也是海外黑名單。

註5 《優傳媒》陳婉真說故事：搞台獨的子孫何辜？

05

邱幸香與謝聰敏

——微笑相辭

拉法葉先生

兩任立委卸任後，謝聰敏終於在二〇〇〇年親眼見證台灣政黨輪替，陳水扁當選總統。

接受前總統陳水扁的遴聘擔任國策顧問的謝聰敏，因為一九九三年擔任立委時曾到法國參訪，開始跟尹清楓有了互動的機會，後來會追打法國拉法葉艦軍購問題也是基於對尹清楓的承諾。就邱幸香的回憶，「他是基於一個人權的角度來追這個案子，因為尹清楓生前有交代希望謝委員能幫他伸冤。但是他查到一個段落時，就有阻力，這個阻力來自於哪裡，我也不是很清楚，因為我手上沒有證據，所以我不會講，但是這個錢有回來，拉法葉這個錢有回來。」拉法葉案牽涉又深又廣，即便當時的總統陳水扁宣示「不惜動搖國本也要查辦到底」，這個國防弊案的偵查最終還是雷聲大雨點小。為此，謝聰敏不惜退出民進黨為清查拉法葉艦佣金案競選立委，雖然立委選舉失利，謝聰敏依舊鍥而不捨，對拉法葉案也著墨甚深的資深新聞工作者溫紳曾撰文緬懷謝聰敏，「回顧政黨輪替後，陳水扁曾鄭重宣示拉法葉案『不惜動搖國本也要辦』的決心，時任國策顧問的謝聰敏遂很認真的追查真相，但卻一再遭受阻力，即使後續發展是成功追回法國政府近五百億的賠償。期間，他支持將追查的付梓出版《誰動搖了國本——剖析尹案和拉法葉弊案盲點》。此乃其三度遠赴歐洲的法、英、德、瑞士、列支敦斯頓侯國等國討公道，也因『拉案』還遭到軍火商汪傳浦隔海興訟！」（註1），謝聰敏因此被尊為「拉法葉先生」。

這就是謝聰敏，就算政黨輪替，就算執政黨是曾經一起為台灣民主努力的同志，謝聰敏依舊勇於逆風，站在當權者的對立面，爭取他所信仰的價值，所以不惜退出民進黨也要追查到拉法葉案的真相。

「我跟他結婚四十年，我看他從《台灣自救運動宣言》、推動轉型正義、再來是拉法葉案，以及地方一些事情，我覺得他的價值很一致，就是人權，人的價值他很注重，不管是轉型正義、拉法葉，當然自救宣言更不用講，都沒有變，就是人權，人的價值，他一直是一貫的主張，所以我可以理解。」不管謝聰敏做什麼，邱幸香也總是站在謝聰敏那一邊。「我覺得是神給我這個任務，如果說我愛他，還不如說愛神，神在世上給我這個任務，我就是去完成這個任務，而不是一直抱怨。You have to cover it. 你要去跨過這個關卡，你就有力量。」靠著把夫妻之情昇華為信仰，在後續照顧謝聰敏的路上，邱幸香因此得到力量。「我就是要幫他，就好像他曾經受到的苦，我希望他、我幫他補償過來那個念頭，而不是說我自己要怎樣。我的人生沒有我自己，聽起來不可思議，但或許我所處的年代，我還是有以夫為貴的觀念，他也不是天，他是一個失意的政治工作者，我想幫他、補償他曾經失去的一切，我可以犧牲我自己，因為他真的很冤枉，很可憐，值得被照顧、被同情。」

陪他走完精彩一生

因為十幾年的黑牢生涯中遭受種種刑求與惡劣環境，謝聰敏必需靠著高劑量的止痛藥才能維持正常生活，這也導致謝聰敏晚年長期洗腎，最後常臥病榻，而這又是邱幸香另一個嚴峻的挑戰。沒有聘請看護，一切都是邱幸香親力親為，常常是一大清早就要起床載著謝聰敏到醫院洗腎，回家時又要趕著張羅飯菜讓看完醫生的謝聰敏感受溫暖，有時候又要面對謝聰敏因病痛難受而鬧的彆扭，邱幸香幾乎沒有餘力喘息。幸好，成年的兒子足以分憂解勞，「他人生最後的歲月幾乎都躺在病榻，他要換尿布、他要洗澡、要把他抱起來、放下去……，我很感謝我兒子，他很貼心，不管他多想睡覺、多累，不管是冬天、夏天、下雨天，清晨五點他就要起床把他載去洗腎，或是幫他洗澡……等等，我兒子就會幫忙，而且把他照顧得很好，其實我也講不出來，就是說很辛苦的那種……不是抱怨的心情，而是覺得我要如何把他照顧好，讓他洗好腎可以吃頓飯、睡個覺。」有了兒子的幫忙，邱幸香得以利用謝聰敏睡覺時也跟著小憩，或者開著車子到住家附近的國立師範大學林口校區（原國立僑生大學先修班）走一走、看看花草樹木，一趟跟自己的獨處邱幸香就充飽電，可以再回家照顧丈夫。

「反而他到後期會覺得他很寂寞，因為《台灣自救運動宣言》很少人會提到，也很少人知道他曾經為這件事付出很大的代價，當下我就會安慰他，你做這件事情不是為了要得到人家的讚美，你是為了理想去做這件事情，所以如果今天台灣有朝這個方向走，這樣就是你最大的安慰，你不必去在乎有沒有人肯定你，台灣往這個方向去走，就是對你最大的肯定，你好好養病就好，上帝知道，神知道，那就好了，你就不必去計較。他就慢慢不喜歡出去，沒外出，因為大家也不會找他了，他已經也不能出去了。」奔走一生，謝聰敏難免心境有些寂寥，邱幸香的安慰就像上帝的福音，給了謝聰敏肯定。

回頭檢視邱幸香所選擇的婚姻，最深層的原因也是基於她對故鄉台灣的情感，「我對現在的時代趨勢也是了解的，我也希望國民黨體質能夠改變，讓比較清新的人進來，民進黨也是一樣，變成一個良性的互動，這樣才能確保台灣的安全跟強壯，讓中共知道你要來攻打台灣不會那麼簡單，讓中共知道世界不是掌握在你中共的手裡，只有台灣內部團結有共識，才能站穩腳步。」

二〇一九年九月八日謝聰敏結束精彩的一生。

「他走得安詳，也沒有跟我交代什麼，我覺得當時他還想活下去，只是時間到了所以神就召他回去。如果說要延續他堅持人權的價值，我現在能夠做的就是透過教會照顧弱小族群，因為我太微小，我沒有能力做大事，就是從微小的事情來做。我也告訴自己，今天最大的成果是台灣走的方向跟他當年主張吻合，就夠了，而我該做的就是把自己調適好，回到教會去過一個正常的生活。」

二〇一九年九月二十一日謝聰敏獲得總統府褒揚令，全文如下：

「總統府前國策顧問、立法院前立法委員謝聰敏，恢奇閎達，果毅周慮。少歲卒業國立臺灣大學法律學系，旋入政治大學政治研究所攻讀，廣博思想言論視野，豐厚多元前瞻謀維，沉潛濬瀹，秀出班行。復倡言興革開放作為，張拓黨外運動空間；暢申自由平等奧旨，弘宣代議體制精蘊，竭智殫誠，振筆疾聲；淵謨高掌，直抒胸臆，雖二度身陷囹圄亦未改其志。嗣膺選連任第二、三屆立法委員，協成政治受難者平反，悉心補償條例提案，持論著聞，求理弗遷。近歲積極投注公共事務，落實基本人權保障；獻力社會轉型正義，踐履普世主流價值，時長意篤，明效大驗。綜其一生，執秉菁英份子殊能良知，見證臺灣民主發展歷程，紓籌建讜，當艱彌奮；材猷丹衷，蓬島名傳。遽聞溘然傾逝，悼惜曷勝，應予明令褒揚，用示軫念宿耆之至意。

總　　統　蔡英文

行政院院長　蘇貞昌」

如果褒揚令向謝聰敏的一生致上最高敬意，成就這一切的應該是謝聰敏身旁那個溫柔的身影—邱幸香。

註1　《民報》溫紳：【綠色短評】「拉法葉先生」謝聰敏之最後遺憾

在內壢國中任教的張慶惠

魏廷朝、張慶惠兩人於 1977 年 10 月 31 日結婚

1978 年兒子魏新奇出生

1985 年張慶惠帶兒女去探監

1987 年 5 月 26 日魏廷朝從仁教所第三次出獄

1987 年 5 月 26 日魏廷朝第三次出獄，與兒女一起吃粢粑慶祝

1988 年魏廷朝全家在日本旅行

1995 年魏廷朝參選桃園縣立委

1998 年魏廷朝成立政治受難者平反補償申訴中心

06

張慶惠與魏廷朝——送行

張慶惠告別式

二〇二二年母親節前夕，張慶惠突然身體不適送往台大醫院，原本計畫出席為丈夫「覺醒的硬頸時代—魏廷朝的故事」影片發表會致詞的行程也告假缺席。

三個月後，張慶惠在八月十九日因胰臟癌告別人世，享年八十歲。

冥冥之中的巧合，張慶惠的告別式舉辦在二〇二二年九月十日，那天剛好是中秋節，也是五十八年前丈夫魏廷朝與謝聰敏，以及老師彭明敏教授三人，因為一紙來不及發表的《台灣自救運動宣言》而遭到國民黨政府逮捕，第一次被打入政治黑牢的日子。而張慶惠的告別式也因為這個緣故，前來送行的人，除了政界曾經一起共事的同志，還有她在魏廷朝的政治黑牢期間，組織起來互相支持的政治受難者家屬與美麗島夥伴。

放眼望去，拄著拐杖、頂著蒼蒼白髮的老人家不在少數，一個接著一個緩緩排隊，捻著香向照片裡的張慶惠喃喃自語，也拍拍張慶惠的兒女魏新奇、魏筠的臂膀，欲語還休。其實，依照他們的年紀如果不親自來參加告別式，也不會有人責難失禮，甚至基於風俗忌諱，也會有人選擇避免出席，但是他們來了。

一九九九年十二月二十八日因為心肌梗塞猝逝的魏廷朝，他的告別式也是如此盛況。

然而，無論是二十二年前過世的魏廷朝或者二〇二二年告別人世的張慶惠，他們都沒有一官半職，也從來不是富商巨賈，就算是他們倆的後代魏新奇與魏筠，也都無權無勢，很明顯的，這場喪禮不是所謂人脈交流的公關場合。只是，倘若前來告別致意的人，不是為名、不是為利，那是為了什麼？

蓋棺前兒女向張慶惠作最後告別，兒子魏新奇細細地跟媽媽承諾會好好地照顧家人、照顧自己，請媽媽放心；女兒魏筠則叮嚀張慶惠說，媽媽，你要好好地去另一個世界玩樂，不要再那麼辛苦了！

張慶惠與魏廷朝的一雙兒女雖然都屆不惑之年，情緒之內斂在這場送行裡沉穩展現，沒有聲嘶力竭的哭喊，也沒有淚眼簌簌，只有偶爾紅了眼眶，拍拍肩、握握手，安慰前來告別的親友。為什麼兄妹倆能有這樣的修養？原因無他，在魏新奇一歲半、魏筠還在母親張慶惠肚子裡，魏廷朝就因為「美麗島事件」被國民黨第三次關進政治黑牢，遭到囚禁七年六個月。儘管當時台灣民間對民主化的要求如海嘯般撲向蔣家政權，國民黨的威權幽靈依舊不放過任何機會折磨持不同意見的異議份子，期間魏廷朝的母親過世只能奔喪一日，一度引發魏家上下澈底的不滿。面對威權體制的種種壓迫，魏廷朝的弟弟魏廷昱不斷提醒兄妹倆要永遠保持理性低調，魏筠回憶說：「小叔告訴我們，不要因為情緒影響判斷和行為，一定有人會藉此做文章，攻擊我們，人生本來就會遇到很多不如意，所以我們情緒影響理智和行為，就無法完成我們的理想。為了實現理想，為了我們和其他人的犧牲有代價，我們必須要堅忍。」以父之名，要沉著；以母之名，要忍耐；以魏家之名，要顧全大局；為了不讓前人白白受苦，持續堅定向前。

眾人送別堅毅的台灣女性

一個如此內斂的家族，張慶惠的告別式為何吸引那麼多人特地前往位於中壢偏僻地段、交通不是那麼方便的殯儀館致意、告別？

台灣民主歷程中，有幾個意義重大的轉折事件，其中一九六四年《台灣自救運動宣言》的嘗試發表戳破蔣家政權的神話，並在海外台灣人的群體中引發流傳，即便案發當下沒有寄出去，經由至今仍無法得知的不知名人士傳往海外後又傳回國內，被尊為台灣的「獨立宣言」；一九七九年「美麗島事件」刺激台灣民眾覺醒，從此對蔣家政權有意孤立的政治犯投以同情、同理之心，點燃台灣民主浪潮不熄的火苗。這兩個大事件魏廷朝都參與其中，從三進宮出獄時被盛讚「完美的人格者」就知道，魏廷朝不顧己身挑戰威權追求民主自由的形象，已經深烙台灣人民的心中；而他的牽手張慶惠對台灣社會的付出也不在魏廷朝之下，除了與丈夫以行動支持甫剛成立的民進黨籌建組織，日以繼夜四處奔走張羅，也帶頭推動兩性平權、婦幼安全，架起社會的防護網。

女兒魏筠在追思母親時曾說：「媽媽生病期間，想起她做的一些事情，一九九七年她在桃園縣創立婦幼安全中心，後來還有性侵害防治中心，都是全國第一個專為受暴者創立機構先河，當時她擔任主任。後來演變成家暴中心，現在已經成為全國都有的常態組織。不論是做婦女的組織，或是上街頭爭取權益，其實一點也不輸給爸爸。但是低調的媽媽很少宣揚自己的功勞，做事實際的她，不善應酬，只做自己喜歡做的事，這就是也許她容易被淡忘的原因。但我希望大家不要忘了媽媽。」在張慶惠的告別式裡，絡繹不絕的人潮已經證明，台灣人民沒有忘記張慶惠，甚至，仍惦記著魏廷朝。

在這場告別式的送別裡，告別的不僅僅是高齡八十、安詳離世的張慶惠，也是台灣民主潮流中，永遠被尊敬的時代精神！

「慶惠姐不只是一位堅毅的台灣女性，也是我多年的戰友。」

——總統　蔡英文

幾天前，慶惠姐離開了我們。昨天下午，我來到她的靈前致意，也為近日飽受不實報導抹黑的魏筠打氣。

我跟魏筠說，我有看了她的臉書。慶惠姐不只是一位堅毅的台灣女性，也是我多年的戰友。

對於她的離開，我們都很不捨；而更難過的是，慶惠姐的先生，我們的「大魏」魏廷朝，在離開這麼多年後，竟然還被不實訊息抹黑。

五十八年前，魏廷朝與謝聰敏、彭明敏共同起草《台灣自救運動宣言》，從此三進黑牢，共被關押十七餘年。魏廷朝入獄時期，慶惠姐飽受威權政府打壓，承擔苦難，仍獨力將兩位子女扶養長大，並投入黨外民主運動。

終其一生，大魏跟慶惠姐，都為民主努力奮鬥，兩人為了台灣民主，犧牲了自由、青春與家庭，付出了全部的人生。

謝謝慶惠姐，雖然妳離開了大家，但捍衛民主自由的使命，我們會一棒一棒傳承下去。」

「政治犯的第二代魏筠，準備參選桃園市中壢選區市議員。阿扁籲請大家不要忘了魏筠的爸爸媽媽，更不能忘了魏筠需要您的支持，以慰爸爸魏廷朝、媽媽張慶惠在天之靈！

——前總統　陳水扁

慶惠姐的女兒：「希望大家不要忘了媽媽」

民進黨桃園中壢市選區市議員候選人魏筠，特別提及低調的媽媽很少宣揚自己的功勞，做事實際不善應酬只做自己喜歡做的事，不幸於八月十九日辭世享八十歲，「希望大家不要忘了媽媽！」魏筠回憶爸爸魏廷朝坐黑牢期間，媽媽張慶惠獨撐家計從不對子女流露悲傷，總叮囑好好讀書不要辜負爸爸的期待。在國民黨特務年代曾向小孩開玩笑：「上學有特務當保母跟著」「為母則強」。

張慶惠委員被稱台灣母親客家女性的典範，也是阿扁總統任內的民進黨不分區立委。委員夫婿就是鼎鼎有名的魏廷朝民主鬥士，一生為台獨主張坐過三次政治黑牢共十七年。一九六四年執筆《台灣自救運動宣言》與彭明敏教授、謝聰敏因叛亂罪判刑八年，一九七一年因美國商業銀行爆炸案被誣台獨暴力犯罪，與李敖等一同被捕再判十年有期徒刑。一九八九年又因高雄美麗島事件被捕入獄，女兒魏筠還在媽媽肚子裡還沒出生。

魏廷朝共坐了十七年三個月又七天的政治黑牢。一九九五年參選立法委員卻高票落選，這是台灣人欠魏廷朝一個公道。如今「政二代」—政治犯的第二代魏筠，準備參選桃園市中壢選區市議員。阿扁籲請大家不要忘了魏筠的爸爸媽媽，更不能忘了魏筠需要您的支持，以慰爸爸魏廷朝、媽媽張慶惠在天之靈！」

「與政治犯成為夫妻，說是冒著生命危險都不為過，但慶惠姐是那麼的勇敢、那麼的無畏，義無反顧，如此浪漫、如此美好。

——監察院院長兼國家人權委員會主任委員　陳菊

與大魏及慶惠姐相識，在年輕的時候。

大魏，是我們對魏廷朝的暱稱。他，是一輩子堅持著理想及信念的人，一生三進三出囹圄，卻是甘之如飴，因為對他來說，如果這是為台灣更好的未來必須承擔的苦難，他義不容辭。

而他們夫妻，都是這樣的人。

我永遠記得，大魏和慶惠姐結縭，在當年是一件令人驚訝的事，我們一則以喜、一則以憂，因為，在那肅殺的年代，與政治犯成為夫妻，說是冒著生命危險都不為過，但慶惠姐是那麼的勇敢、那麼的無畏，義無反顧，如此浪漫、如此美好。

婚後不久，長子新奇初生，次女魏筠尚在慶惠姐腹中，大魏和我等同陷美麗島事件，這是大魏第三次入獄，更兼之因為減刑未滿五年再犯，須補刑兩年六個月。就這樣，美麗島事件，大魏判刑八年六個月，小女魏筠從出世到上學，要一家團聚，唯有獄中面會。

慶惠姐從國中老師，成為政治受難者家屬與類單親媽媽，後投身政壇成為民代，關心台灣民主發展與婦女權益，他們夫妻在不同的路徑上，相同的為台灣奮鬥著，其中的艱辛、危難與哀戚，他倆總是「不足為外人道」。

我永遠記得，一九九九年十二月二十八日，彼時我在高雄擔任社會局長，慶惠姐打電話給我，說大魏跑步導致心肌梗塞發作，走了。他們夫妻好不容易回歸平淡恬靜的生活，大魏卻在此時撒手人寰，這等生離死別，對我來說，是心痛、是不捨、是無奈，無語問蒼天。

兩個禮拜前，魏筠來電，跟我說媽媽在安寧病房，我趕去見慶惠姐。看著沉痾的她，心中酸楚，也大抵知曉，是訣別前夕。

回首過往，大魏與慶惠姐這對夫妻，一輩子相互扶持、成就彼此，他們賢伉儷為台灣的努力及貢獻，永遠是那麼低調、平實、懇切、謙沖。

桃李不言、下自成蹊，這對夫妻的人格與大度，展現在他們的待人處事與舉手投足間，自然而然、真情流露，世間少有，令人緬懷及感念。

慶惠姐，請安息，感謝你成就了大魏，你是他最堅強的後盾，也是台灣客家女性的表率，一路好走。」

「她的理念、價值、口才與親和力，加上親力親為的個性，都是我永遠忘不了的場景。

——桃園市長　鄭文燦

慶惠姐在今天，離開我們，到了天上，和魏廷朝先生團圓。這對為台灣民主承擔苦難而又從未放棄的夫妻，如今，他們人生中動人的篇章，也劃下一個令我們感念不已的句號。

魏廷朝祖籍是龍潭，黨外運動時期，大家都稱他為大魏。在他就讀台灣大學法律系時，與同學謝聰敏、台大政治系主任彭明敏，經常討論國是。一九六四年，三人一同發表《台灣自救運動宣言》，主張國會全面改選以及台灣前途由台灣人民自決決定。這個宣言預告了往後台灣民主化的路徑，這個宣言也讓大魏從此走上民主運動的征途，大魏成為政治犯，三進黑牢，共被關押十七年又一百天。

在大魏入獄時期，慶惠姐的肩膀更沉重了，一面獨力將兩位子女扶養長大，一面默默投入黨外民主運動。張慶惠秉持著客家女性的生命韌性，不掉一滴眼淚，吞下難熬的苦楚，承擔了一切的苦難，用剛強回答了威權時代要讓人民噤聲的那個政府。

慶惠姐的職業是老師，善良是她的寫照，純樸的外表底下，卻有著一顆堅毅不屈的心。而這個民主的家庭歷盡磨難，魏筠、新奇兩個孩子，卻是不憤世嫉俗，不怨天尤人，他們都繼承了父母親正直善良的本性。

二〇一四年，第一屆桃園市長選舉時，慶惠姐已經歷經國大、立委等職務，像阿信一樣溫暖而堅強，她主動擔任我的婦女後援會會長，陪我打了一場逆轉勝的傳奇選戰。在助選的過程中，她的理念、價值、口才與親和力，加上親力親為的個性，都是我永遠忘不了的場景。

今年五月，慶惠姐入院時，她告訴我，她不擔心自己的身體，她擔心魏筠的選舉。我聽出她聲音背後那份忍耐與期盼，沒想到僅僅數月，慶惠姐竟驟然長逝，令人悲傷不捨。一位足以成為台灣母親、客家女性典範的慶惠姐，就此離去。

魏廷朝、張慶惠這對民主夫妻，為了台灣民主，犧牲了自己的自由、青春與家庭，付出了全部的人生。我相信，他們的人格完美，是台灣民主永恆的資產。

也許在天上，慶惠姐與大魏相聚之時，終於可以不再辛苦、不再折磨，一起在天上守護著台灣人民。」

「慶惠姐的一生，就是台灣女性的堅強身影，請魏筠與家人放心，台灣人不會忘記她的堅毅與努力，我也不會忘記慶惠姐的期待，我會用勝選，讓慶惠姐安心。

——立法委員　鄭運鵬

張慶惠女士，一個堅強的母親、「台灣的人格者」魏廷朝先生的妻子，於二〇二二年八月十九日過世了。

一九七七年，張慶惠女士只是個單純的國中老師，毅然與「前政治犯」魏廷朝先生組成家庭，結果不到三年的時間，魏廷朝先生因為

「美麗島高雄事件」第三度入獄。當時張慶惠女士挺著大肚子，去監獄探望先生。女兒魏筠出生時，父親也缺席。在威權的年代，台灣人為了追求民主自由，一波一波地投入民主運動。其中，台灣女性堅毅的身影，是那個年代最動人的風景。

二〇〇五年，我是立法院的新科立委，慶惠姐是我立法院的同事，也是黨內的前輩。二〇一二到二〇一四年，我擔任民進黨組織部主任，慶惠姐是民進黨客家部主任。慶惠姐為人和善、正直，多年以來無論在國會、在黨內，都是我尊敬的民主前輩。

二〇一八年縣市長選舉後，慶惠姐為了答謝我協助魏筠助選，特地將這個少見的「仙草茶餅」送來我的立法院研究室。近來耳聞慶惠姐身體不適，我也在上週五晚上到醫院探視，也就是和文燦市長、智堅市長在競選辦公室談好交接事宜後，就趕赴台大醫院，沒想到才一個星期就驟然長逝，令人十分不捨。

慶惠姐的一生，就是台灣女性的堅強身影，請魏筠與家人放心，台灣人不會忘記她的堅毅與努力，我也不會忘記慶惠姐的期待，我會用勝選，讓慶惠姐安心。」

07

張慶惠與魏廷朝——那個稱我天使的男人

蓬萊冰果店的女兒

一九四二年六月十九日，張慶惠出生於桃園中壢的一個經商之家，人丁興旺育有兩男六女，然而，卻在國民黨撤退來台後，開始因為政局動盪家道中落，原本小康之家最後辛苦度日，連小孩也不得不有一個被送養。儘管家境因政局而困頓，排行第七的張慶惠在哥哥姐姐的照顧下，無憂無慮地成長，尤其二哥後來放棄大學學業轉而在中壢老街大時鐘市場旁經營「蓬萊冰果店」，成了中壢在地有口皆碑的店家，也成了承擔家計的支柱。整體來說，張慶惠的成長環境還算衣食無缺、不虞匱乏。

反觀魏廷朝，儘管父親魏維崇當選過龍潭庄協議會員，卻因為不滿日本人統治，與日籍庄長發生肢體衝突，最後只得到後龍的「鋯礦株式會社」擔任副廠長兼總務。二次戰後國民政府撤退來台，時局動盪下，魏家微薄的家產再也無以為繼，魏廷朝無疑是父親魏維崇人生最驕傲、最寄予厚望的孩子。魏廷朝是父親最優秀的學生，也傳承父親的性格，對於高壓獨裁的國民政府心生抗拒，高中二年級因為拒絕加入救國團而休學，一九六四年更與謝聰敏、老師彭明敏一起籌備發表《台灣自救運動宣言》，導致那一年的中秋節被捕入獄，年邁老父因為找不到心愛的兒子而精神崩潰，最後抑鬱而終，而魏廷朝也一而再、再而三被蔣家政權關進政治黑牢，原本困頓的家族更雪上加霜。

一九六四年，年紀比魏廷朝小七歲的張慶惠，在魏廷朝第一次入獄時進入內壢國中擔任教師。遲遲未婚的張慶惠讓家人感到擔心，張慶惠也常常自嘲，明明家裡開的是最常有人來約會、相親的蓬萊冰果店，怎麼自己反而遇不到理想的對象？論起張慶惠的學歷也是相當亮眼，中壢中學初中部畢業後就到台北念北二女中，也就是現在中山女高的前身。在一九〇二年日本時代，北二女中（當時校名為「臺灣總督府國（日）語學校第二附屬學校」）是台籍女子唯一的公立「高等教育」的學校；日本戰敗中國國民黨來台後改名為「台灣省立臺北第二女子高級中學」，曾文惠、連方瑀、吳淑珍、陳萬水都是畢業於北二女中的校友，難怪曾有中山女高的老師自詡該校為官夫人的搖籃。

張慶惠高中畢業未能如願進入台灣大學園藝系，第二年重考二度考取實踐家專家政系，才認命就讀，也因此與教職結下不解之緣，在內壢國中一教就是二十六年，直到一九九〇年才退休。

寫信給天使

與魏廷朝的緣份也始於內壢國中的教職工作。張慶惠內壢國中的同事與魏廷朝的二弟媳楊金妹老師是初中同學，在兩人的安排下，張慶惠與魏廷朝到二弟家吃飯，展開非正式的「樓台會」。一九七七年三月二十九日兩人第一次約會，張慶惠發現魏廷朝木訥、不浪漫，兩人個性、興趣也相差甚遠；到石門水庫阿姆坪遊玩的經驗更讓張慶惠印象深刻─當時張慶惠準備了水果、壽司等食物，準備搭船時才發現當天沒有其他遊客，魏廷朝居然選擇包船遊水庫，但單獨相處的時光，魏廷朝卻是拿書出來看，沒有帶錢出門的他最後包船的錢還是由張慶惠支付。然而，這樣讓人啼笑皆非的直男，動筆寫起情書卻澈底擄獲張慶惠芳心。

慶惠：

好久不曾寫信給天使了，提不出正當理由。人本來就沒有趣味，生活又刻板，再加上必要時可借助於電話……但這都不能成為不寫信的藉口。大概是因為老在翻譯文學作品，老感到自己筆鋒已不濟事，處處碰壁。玩票寫文章、吟詩，會覺得很有意思，一天到晚耍筆桿，便要倒胃口。明明是生龍活虎般的筆法，到我的手上怎麼就是板下來呢？「謀殺」安部公房的兇手，可能也會謀殺甜甜蜜蜜的氣氛。

贈慶惠其二：

尋遍天涯未可尋，綠園過客識名琴；

廷推已定無枝節，朝北直迎慶惠心。

除了第二句外，改得面目全非。廷字很難找到可用的詞句。「廷推」本是明清兩代推薦高官的大臣會議，勉強借來譬喻家中的眾議。寫新詩，要靠才氣，否則畫虎不成反類犬。寫舊詩，靠一點功力，費一些時間（這一點很重要），多少可以見得了人，最起碼還像詩，你說呢？

原來月老的紅線早就繫在他倆人的手上，一九七七年十月三十一日倆人舉行婚禮，共組家庭。

這樁婚事也不是一開始就得到祝福，張慶惠的親友不斷提醒她小心「政治犯」，張慶惠反問：「什麼是政治犯？蔣經國先生不是說台灣沒有政治犯嗎？」而張慶惠母親也曾擔心女兒嫁給魏廷朝會吃苦，然而，張慶惠發現魏廷朝飽讀詩書，也備受許多知名知識份子的敬重，當下便知道眼前忠厚、靦腆、牙齒因黑牢刑求而參差不平的魏廷朝，就是她要共度一生的不二人選。

慶惠：

今夜重讀來信，感到茫然。人，應該生活在過去之中呀，還是應該生活在對將來的寄望之中呢？絢爛也罷，平淡也罷，都是別人硬加在我身上的形容詞。我就是我，既不是小演說家，也不是秀才，更不是來日的新領袖。雖然有幾分理想，我總是面對現實，所以缺乏「狂熱」，不會為名為利而鑽營奔走。別人對我過獎，即便是出於一番好意，也只有增加我的困擾。

從令堂手中搶走最後一塊玉？我沒有利己到絲毫不能體會老母的心境，雖然，我也還沒有利他到遠遠離去。

昨夜幾乎沒睡，今天又陪俗人聽俗話一整天，打不起精神來，剛才翻翻讀者文摘時，就忍不住打盹。日本人說：「愛可以戰勝一切憂傷」。我的天使顯然是愛情至上主義者，「止於至愛」。

昨夜廷洋邀我坐教練車（金妹駕駛），同到龍潭八張犁老家，請

「龍伯母」陪我去訂婚。老家的伯父母、堂兄嫂看起來比我還要高興！在他們看來，「獨身」「有應公」是極不幸、極不祥的大事。不僅關係個人，而且牽累全族。

薇拉橫掃蓬萊日
正是卿卿運筆時
獨坐凝思胸火熱
愧難碎骨報相知

打油詩沒寫完，被悠雯喊下去接電話。是女聲。想不起來。原以為是廷星的老師張純玉，想不到竟是助產士莊純玉求教法律問題。掛下電話，又看見親家（明美的丈夫張阿杉的爸爸）進來，要我替他寫一篇弔詞！寫完，客人走了，從「胸火熱」寫起……跟方才想寫的完全不同。金妹說：「大哥最好還是住在中壢」！

有一首老歌叫做「戀愛二重奏」（日語），歌詞描寫兩個孤兒的身世與相愛（不過只提到亡母），非常動人。我老想替亡父畫像、寫傳，卻一直不曾著手，反而為了些許稿費，在翻譯死死板板的旅行指南與莫名其妙的新派小說。我們是否也該寫一首二重奏呢？真正的文學作品是無法翻譯的，歌詞亦然。

不多寫了，願你熱烈的心腸能感染我過分淡泊的胸懷，對明天抱更多的確信與期待！

在哲學上，我大概屬於「不可知論者」或懷疑主義派。信良說錯了，把內在的道德律與燦爛的星空相提並論的康德，才是蘇格拉底的追隨者，我可不是「很少喝酒，一喝可以喝很多，沒有人看過他的醉態」。我的體質接近蘇格拉底，生活方式也相彷彿，但我缺乏那股狂熱的衝勁。

可怕的佛洛伊德，老是用「本我、自我、超我」來描述人類，使每一個人都顯得不可愛。……糟了，我又寫岔了。

想念你，又怕讓你失望，最近老是睡不好。千里之程，起於咫尺。也許新任務並不如所想像的那樣吃重。我過去很能適應簡單的生活，但願將來也能適應比較複雜的生活。

你大概早已發現，我有很多地方特別遲鈍、笨拙。能不能靠後天的努力來補全，實在沒有什麼把握。

驕陽襲綠園
午睡夢難圓
今夜逢天使
欲追前世緣

看店？掃除？做夢？園、圓、緣。字雖好卻無詩才。願我的天使幸福無邊。

廷朝　八、六下午

聲聲以「天使」呼喚，一封一封寫給「天使」的情書，透露著兩人當年確認彼此心意的過程，信中提及「日本人說：『愛可以戰勝一切憂傷』。我的天使顯然是愛情至上主義者，『止於至愛』」似乎也展現張慶惠堅決果敢的性格，愛情至上的張慶惠讓飽受黑牢之苦的魏廷朝也能擁有建立美滿家庭的一天，而字字真情的情書亦是張慶惠終生珍藏的寶貝，因為，那個稱她天使的男人，在她心中無人能取代。

08

張慶惠與魏廷朝——探監蛋黃酥

加入《美麗島》雜誌社

與魏廷朝交往後，張慶惠才漸漸認識台灣白色恐怖有多恐怖，一方面慶幸魏廷朝已經出獄，另一方面也忐忑思忖，歷經兩次政治黑牢，不會再被關第三次了吧!?

一九七六年二度出獄的魏廷朝依舊靠著匿名翻譯維生，然而，總是隱姓埋名做個「幽靈翻譯作家」著實是一個非常沒有保障的工作，甚至被出版社倒帳二十幾萬收不到錢，也只能摸摸鼻子自認倒楣。明明是臺灣大學法律系畢業的高材生，也擔任過中央研究院近代史研究所助理研究員，卻因為「政治犯」的身份求職無門，當時身分證仍要登載的職業欄也總標記著「無」，不僅魏廷朝感到鬱悶，深知丈夫才華的張慶惠也不捨，加上一九七八年兒子魏新奇出生，需要更多的收入支應家用，面對許信良再三邀請魏廷朝擔任《美麗島雜誌》的執行編輯，張慶惠終於不再反對，魏廷朝也得以開始提筆撰寫社論與從事編務工作，重要的是，魏廷朝終於有一份正職工作。

一九七九年六月，許信良因為聲援高雄「橋頭事件」（註1）而丟掉桃園縣長職務，後來擔任《美麗島雜誌》社長。按照輩分算來，許信良是張慶惠的舅舅，基於這層關係以及魏廷朝本來就喜歡文史，自認寫稿、改稿應該能夠勝任，於是加入《美麗島雜誌》的陣容。一九七九年八月十六日第一期《美麗島》創刊就造成轟動，一再加印，最後銷售量為七萬本，創下當時雜誌銷售量的最高紀錄。一連出刊四期後，《美麗島雜誌》開始在各縣市成立分社，對當時禁止組黨的國民黨當局儼然是一種挑釁，一九七九年十二月十日在高雄市舉辦國際人權日演講活動，從扶輪公園遊行到大圓環（今美麗島）演講，引來執政當局派來大批鎮暴警察到現場與民眾對峙，因為聚集群眾越來越多，警方開始施放催淚瓦斯，更激起民眾憤怒，於是爆發嚴重警民衝突，國民黨緊接著展開報復性大逮捕，連只是跟著弟弟魏廷昱在人群中採訪的魏廷朝也在家中被抓，第三次入獄。

這一場大風暴，即是引起海內外關注的「美麗島事件」。

把時間拉回《美麗島雜誌》創辦當時早就風雨欲來，一九七九年一月一日美國與中共建交，台美斷交已經讓蔣經國非常痛苦，島內連番發起的黨外運動更如芒刺在背，魏廷朝的好友謝聰敏也嗅到危險，在九月獲准出國時即警告魏廷朝「如果你怕被抓第三次，就趕快離開《美麗島》雜誌社。」可惜魏廷朝惦記家庭沒有避禍。一九七九年九月八日，《美麗島》雜誌社在台北中泰賓館舉行創刊酒會，魏廷朝帶著母親、妻小一起前往參加，未料《疾風》雜誌社成員李勝峰等人，額頭綁著白巾在館外聚眾抗議、作勢武力威脅前來參加酒會的賓客，當下魏廷朝也捲起袖子準備要跟對方一較高下，看到這個場景，張慶惠露出崇拜的眼神，盛讚「我終於看到什麼叫作英雄！」。雖然這個中泰賓館事件並沒有擴大事端，卻是「美麗島事件」的前奏。

第三度入獄

歷經警民嚴重衝突後，十二月十三日起全島同步大逮捕，魏廷朝自述：「凌晨五時卅分我準備到平鎮棒球場運動，剛出家門就被特務帶走，母親在住處親眼目睹。特務直接把我送到警總軍法處，沒有刑求，但恐嚇我說：『你坐過兩次牢，希望能合作，先寫一千字的悔過書。』接著開始疲勞審問。」魏廷朝拒絕寫悔過書，更痛恨地表示：「以後反國民黨的事不必通知我，都算我一份。」抗議國民黨的非法鎮壓拘捕手段。

魏廷朝慷慨被捕卻也苦了張慶惠，當時兒子魏新奇才一歲半，在肚子裡的女兒也即將臨盆，小叔魏廷昱還安慰張慶惠說：「大嫂放心，大不了就是警民衝突、打架，大概一個禮拜、一個月，或三個月就可以回來了。」沒想到這一等，就是七年六個月。

魏廷朝入獄後，張慶惠一肩扛起所有責任，身兼父職與母職，在學校的教職也不能鬆懈，幸好內壢國中的校長老師們都很體諒，讓張慶惠不用面對一般政治犯家屬遭到社會隔離的冷暴力；而兒女魏新奇跟魏筠，也因為家族的支持以及學校老師的理解，除了爸爸缺席，在其他各方面的成長也獲得許多的包容與協助。想起爸爸被關的那段歲月，魏新奇也感受到社會氛圍的變化，「『美麗島事件』後的政治氛圍對我們比較有利，媽媽在學校受到比較多同情，社會對政治犯也比較理解，所以我們在學校受到很多照顧。爸爸在桃園是出名的政治犯，私底下同情魏廷朝的人很多，我跟妹妹在學校不太被欺負，曾經有一次因為爸爸跟同學打架，但事後老師有教同學，魏廷朝不是壞人，我們就是在這樣被理解的環境下成長，比其他政治受難者的家屬真的幸運很多。」

然而為什麼無權無勢的魏家可以在地方上得到溫暖的對待，魏新奇分析，「一九六四年發生《台灣自救運動宣言》案的當下，中壢人同情彭明敏教授、謝聰敏、魏廷朝的人就很多，起因是『義民中學案』（註2）牽連太多無辜，包含義民中學、中壢中學、中壢鎮公所，中壢人對白色恐怖印象非常深刻，這也是後來『中壢事件』（註3）的起點。」

然而，為了見魏廷朝一面，也足夠張慶惠吃苦了。「魏廷朝待過的監獄非常多，最早是在景美看守所，後來又到土城看守所。」每個禮拜三下午張慶惠都會排開一切工作前往監獄探視魏廷朝，當時大眾交通工具不方便，張慶惠往往需要搭公車到桃園車站，搭火車到台北，然後再從台北搭公車到景美看守所或土城看守所，最高紀錄來回要換七趟車。平常日子也不得閒，必須教書、改作業，也要照顧小孩、操持家務，然而，這一切在張慶惠手裡還是維持井井有條，連兒子魏新奇也不得不稱讚：「媽媽很敬業，做事一絲不苟，就算家裡只有她一個人在操持，也整理得乾乾淨淨、把我們兄妹倆照顧得很好。」

探監蛋黃酥

寒暑假期間，張慶惠都會帶著一雙兒女去探監，而親手做的點心、食物也成了魏廷朝獄中難友王拓、周平德、黃華等最期待的小確幸。在一雙兒女眼中，張慶惠很注重生活品味，年輕時她也曾經專程到台北上傅培梅的烹飪課，小孩生日、端午節、中秋節、過年，張慶惠都會親手做蛋糕、包粽子、烤蛋黃酥、蒸年糕，探監的過程中張慶惠也不忘親手做點心給酷愛甜食的魏廷朝享用，並且分享給獄中好友，讓他們感受家滋味的溫暖，有一次帶蛋黃酥探監，被魏廷朝的獄中難友驚豔，從此還被央求每次探監都要帶蛋黃酥。

張慶惠的好手藝除了療癒政治黑牢中的魏廷朝及好友，也是魏新奇、魏筠童年最甜蜜的回憶。魏筠就非常自豪「我跟哥哥生日的時候，媽媽都會親手做蛋糕，呼朋引伴幫我們慶生並照相留念。我的生日在冬天，哥哥的生日在夏天，我們從照片裡大家穿的衣服是長袖還是短袖，就可以判斷當下慶祝的是誰的生日。」

一個來自無憂無慮的家庭、工作環境單純的張慶惠，因為選擇了魏廷朝，人生掀起了大波瀾，張慶惠成為魏廷朝人生中的「天使」，卻也吃盡苦頭；然而這份浪漫且勇敢的愛，也彷彿像她親手做的蛋黃酥，為困苦的環境中，帶來一絲甜蜜。

註1　一九七九年一月二十一日清晨五點，調查局人員潛入高雄縣橋頭鄉八卦寮余宅，押走余登發；隨後又押走余登發之子余瑞言，逮捕罪名是「涉嫌叛亂」，指稱父子倆涉及「匪諜吳泰安事件」。消息傳開輿論譁然，隔日各地黨外人士包括林義雄、許信良、陳菊、姚嘉文、施明德、陳鼓應、魏廷昱（魏廷朝弟弟）、邱連輝、陳婉真、張俊宏……等人，從余登發老家橋頭集結遊行，再往鳳山及高雄火車站，抗議國民黨政府侵犯人權，後來被稱為「橋頭事件」，是國民政府在台灣實施戒嚴三十年以來第一次的政治示威活動。

註2　義民中學案又稱台灣省工作委員會中壢支部姚錦等叛亂案，義民中學的老師黃賢忠、楊環夫婦、姚錦、麥錦裳夫婦、徐代錫（中壢鎮公所幹事）、邱興生（內壢國小教員）等人，被控於一九四八年經黎明華介紹，涉嫌參加蔡孝乾領導的中共省工委會，成立中壢支部。眾人於一九五一年七月二十四日被捕，被保安司令部依「意圖顛覆政府而著手實行罪」判處姚錦、黃忠賢、徐代錫、邱興生等四人死刑，於一九五二年六月十八日槍決。二〇一八年十月五日，促進轉型正義委員會正式撤銷本案意圖以非法

之方法顛覆政府而著手實行之有罪判決暨其刑及沒收之宣告。

註3 一九七七年底五項公職人員選舉，國民黨因被指稱作票爆發「中壢事件」，退出國民黨的許信良高票當選桃園縣長。十一月十九日投票當天因一對老夫婦投給許信良的票被選務人員塗成廢票，雙方吵了起來，引起群眾聚集。當時檢察官介入，卻被質疑偏袒選務人員，造成數名群眾衝進投開票所找出該員，最後在警察的保護下進入中壢分局，並從後門溜走。此舉讓已經被激怒的民眾更怒不可遏，從四面八方蜂擁而至，以石頭砸破分局門窗、掀翻警車、憲兵車，最後更傳出槍響，造成國立中央大學學生江文國（苑裡人）頭部中槍不治，另一名十九歲的張治平（中壢人）亦不治，一名十六歲少年劉世榮（中壢人）重傷。中壢事件是戒嚴令下第一次大規模的群眾暴動事件，被認為是台灣民眾第一次自發性地上街頭抗議選舉舞弊，揭開往後「街頭運動」的序幕。

09

張慶惠與魏廷朝
——意外的政治人生

眾人迎接魏廷朝出獄

一九八七年五月二十六日這一天，全家張羅著要去仁教所（土城仁愛教育實驗所）接魏廷朝出獄，沒想到清晨五點，魏廷朝就出現在家門。原來所方不願見到魏廷朝被大陣仗迎接，所以故意提早放人，然而這一放，卻讓另一頭前往仁教所接人的黨外朋友撲了空，以為執政當局又食言不放人（註1），與所方人員起了爭執；同時，魏廷朝也接到等在仁教所的朋友打來電話，考慮之後搭乘魏廷昱的車，再度回到仁教所。

一下車，魏廷朝便看到歡迎的群眾拉起「大魏！完全的人格者，阮敬愛您！」、「魏廷朝—完滿的人格者」、「爭取民主政治三進宮，為台灣前途再出發」等旗幟，當下不禁流下眼淚，而在身旁的張慶惠一時也分不清那是什麼滋味。「不知道是在牢裡關太久了，對外面世界感到陌生，當大家要求我與妻子兒女合照、發表感言時，我卻覺得有點不自在，好像在做秀。」歷盡黑牢還是不改木訥性情，儘管在大陣仗的歡迎中略感生疏，在朋友熱烈的簇擁下，魏廷朝倒也感受到親友鄰居態度變了，台灣整體的氛圍也變得更民主了。

一家人回到中壢，親友早已準備好鞭炮歡迎，魏廷朝這時也終於可以回到埔心老家向母親上香報平安。晚間還舉辦演講會、歡迎會，張慶惠難忘地說：「我記得那天打了幾百斤的麻糬，請所有的民眾吃，非常熱鬧。」

當魏廷朝還在獄中，台灣又經歷幾波民主浪潮，一九七八年停辦的增額中央民意代表選舉於一九八〇年恢復舉行，「美麗島事件」受難家屬、許榮淑、黃天福、周清玉等人高票當選立委或國大代表；一九八六年九月二十八日民進黨在圓山大飯店創黨；同年十一月三十日許信良、謝聰敏、林水泉從日本試圖闖關回國失敗，爆發「桃園機場事件」（註2）。而魏廷朝出獄不到兩個月，台灣也宣布解除戒嚴令。

民主的浪潮一發不可收拾，被民進黨邀請擔任桃園縣黨部執行長的魏廷朝深感自己與台灣社會的脫節，決定接受同學的邀約，前往日本做心理「復健」，並擔任大阪法科經濟大學的中文講師。此時發生了一件逗趣的事情，魏廷朝動身前往日本後，女兒魏筠發現爸爸怎麼又不見了，還生氣寫信問爸爸，「是不是李登輝不讓您回來？」小孩直率的反應，道盡政治受難者家屬深藏心底的恐懼與不安。

在日本待了兩年的魏廷朝，寒暑假期間全家都會在日本團聚，這也是他們一家難得出遊的回憶。魏筠在整理母親照片時有感而發地說：「媽媽生前把照片整理得有條有理，但每張照片卻都是在工作，難得的出遊照片只有爸爸在日本教書時，我們飛去日本一起過寒暑假的那段時光。」難怪在與母親告別時，魏筠只提醒媽媽要好好地去玩，不要再那麼辛苦了。

夫妻一起投身政治工作

一九九一年魏廷朝回國即擔任民進黨桃園縣黨部主委，同年，張慶惠也從教職退休投入選戰，當選第二屆國大代表。

對於政治，張慶惠及一雙兒女其實是心懷芥蒂的，畢竟魏廷朝因為政治而三進宮，耗盡人生青春歲月，也帶給家人許多恐懼與不安，然而，排斥歸排斥，好客的魏廷朝與張慶惠還是熱烈接待前來家中敘舊、商討國是的朋友，最後越陷越深，魏廷朝接任桃園縣黨部主委，為了便利交通，張慶惠還掏腰包買車讓丈夫代步。魏新奇還補充說：「當年母親參選國大代表也是為了爸爸，因為當時魏廷朝被褫奪公權不能參選，所以代夫出征替丈夫出一口氣。」無論是魏新奇或魏筠，都一致認為媽媽比爸爸適合從政，除了媽媽身段柔軟有親和力，拿起麥克風的架式與口條也非常有號召力，曾經是前總統陳水扁最喜歡的麥克風手；「可是爸爸就不一樣，連握手的姿勢也很僵硬。一九九五年爸爸選過一屆立委，在拜票途中看到人家下棋，居然就下去跟著下棋兩個小時才離開。」魏新奇認為，「美麗島事件」之後，選舉已經不像早期一場演講就能吸引群眾，已經提升到對金錢、時間做科學化管理，並且還需要宣傳、造勢的媚俗行為。其實，不僅兒子魏新奇覺得魏廷朝個性不適合參選，連弟弟魏廷昱也提醒哥哥「應擔任幕僚，不要到第一線。」果然，個性耿直的魏廷朝不懂得組織基層、不懂得造勢、不懂得告急，最後立委選舉失利收場。

雖然魏廷朝選舉失利，張慶惠下半生卻也因為丈夫的關係，從此投入政治工作，從政治邊緣人變局內人。

看到父母熱衷於政治工作，年幼的魏新奇與魏筠曾經認為政治把父母偷走了，然而，隨著年紀漸長，看著父母親投入政治時的活力與積極，一直認為未來充滿希望，兄妹倆最後也接納父母的工作，甚至魏筠今日也把從政當作志向，挑戰爭取桃園市議員的工作。

張慶惠在擔任國大代表期間，致力推動單一國會與憲政改革。支持台灣加入聯合國及總統直選，張慶惠數度走上街頭，靜坐、抵抗警察的水車與強制驅離。任期結束後就接受當時的桃園縣長呂秀蓮的延攬，到桃園縣政府婦幼安全中心擔任主任，隨後又接任「桃園縣性侵害防治中心」主任，致力婦幼安全與性侵害防治的研究與推展。二

○○○年陳水扁當選總統後，則受聘擔任桃園航勤股份有限公司董事長。二○○五年擔任不分區立委，擔任內政委員會召委，並推動客家文化認同，魏新奇也忍不住稱讚母親「像牛一樣務實，從政主打客家文化、女性社團成長、社會安全，只要被託付任務就一定盡力完成。儘管她是不分區立委不用跑地方基層，只要是桃園南區重要的選舉媽媽就不缺席，因為她認為客家女性在國會比例太少，要積極推動改變。」

誰也沒想到，一個單純的國中老師，嫁給政治犯魏廷朝之後，從身兼父職、顛簸探監到與丈夫共同投入政治工作，張慶惠有條不紊的處事態度，除了支持丈夫的政治理念，也讓她在政壇上展現巾幗不讓鬚眉的氣度。

註1　「美麗島事件」後，魏廷朝被依《陸海空軍刑法》六十二條「多數人集合暴行脅迫警察」判刑六年，施啟揚接任法務部長後准予美麗島刑事犯減刑，魏廷朝一度以為自己坐完四年半的黑牢即可假釋出獄，沒想到因為他距離第二次出獄的時間未滿五年，因此還要服完之前兩年十個月的刑期，變成最晚出獄的「美麗島事件」刑事犯。

註2　「桃園機場事件」：一九八六年十一月三十日，在美國推動「組黨遷台」、「返鄉運動」的許信良、謝聰敏、林水泉等黑名單海外台灣人，計劃從日本東京闖關回台，在台灣的支持者聞訊從各地前往桃園機場聚集聲援，一時軍警與民眾對峙，情勢緊繃，雙方僵持十幾小時後，因為許信良三人被拒絕登機無法回台，群眾漸散而落幕。

10

張慶惠與魏廷朝
——不告而別之後

幸福的天倫之樂

魏廷朝第三次出獄那天，女兒魏筠特地做了一個籤筒給爸爸，因為要重新抽選「戶長」這個角色。媽媽張慶惠立刻讓賢說：「我這個單親媽媽戶長當太久了，這個頭銜應該還給爸爸。」，魏筠笑說：「其實那個籤筒爸爸怎麼抽都會是戶長。」

說起重溫天倫，魏廷朝曾經很感性地跟妻子張慶惠說：「很多人坐牢，妻離子散，我卻還有一個完整的家，感覺很幸福哦！」

回到家庭的魏廷朝很快就得到兒女的接納，因為在獄中，魏廷朝就經常寫信給兄妹倆，內文充滿童趣，甚至還標註注音，所以，即使爸爸不在身旁，他們對寒暑假才能見到的那位滿臉鬍渣的男性，一點也不陌生。魏廷朝對兄妹倆的教養態度完全不同，對兒子魏新奇是像朋友一般相處，只提醒要唸書、要能自食其力，平常父子倆最大的娛樂就是下棋，魏新奇還記得自己每輸必哭的逗趣模樣，此外，魏廷朝每天都會唸新聞給魏新奇聽，一直到過世前都不曾停止。然而，對女兒魏筠雖然也要求要唸書，卻多了更多寵愛，例如陪魏筠準備大學重考，不管開不開心父女都會相約去街上吃平價牛排，就連被張慶惠罵，魏廷朝也會找魏筠避難。

然而，這一切天倫之樂卻在一九九九年十二月二十八日清晨嘎然而止，魏廷朝在中壢市興國國小晨跑時突然心肌梗塞猝逝，享年六十五歲。

來不及說再見的遺憾

張慶惠感嘆，她與魏廷朝結婚幾十年，真正相處的歲月卻只有十年，猝逝當下連說聲再見也來不及，真的很難釋懷，尤其兒子、女兒常常想念父親，費了很大的力氣才慢慢熬過來。「我沒想到他心肌梗塞，會兩分鐘就救不到、就往生。他往生以後，有半年期間常常做惡夢，不能睡，半夜就起來坐在那邊。過去魏廷朝坐牢，我就等他，他總會回來，可是往生以後他就不會回家，想不通，為什麼這樣？這麼苦的日子都過了，怎麼連退休的日子老天爺都不給他，就想不通。」

這樣的抑鬱讓張慶惠身體拉了警報，最後在醫生的告誡下，張慶惠才如夢初醒，面對現實。「我後來就相信命運，他就是要為台灣受苦、坐牢、要做一點事情，可是他的工作完了，就走了，也沒有痛苦。」轉念，張慶惠在半年後重振精神。

魏廷朝過世後，身為他的妻小常常被放大檢驗，他們也只能更謹慎面對，張慶惠常叮嚀兄妹倆：「你們的所作所為都要記得，你們是魏廷朝的孩子。」魏新奇曾經替爸爸的遭遇抱不平，「憑什麼關爸爸十八年？」還在世的魏廷朝告訴兒子說：「你要去看歷史發生過的事，例如明太祖殺了多少人、清朝文字獄殺了多少人、法西斯要維護權力又殺了多少人，極權之下人民就是受害者，跟其他受害的人比起來，我們家已經好多了。」隨著歷練漸增，魏新奇才慢慢理解爸爸的意思。而選擇從政的魏筠也不再排斥政治，甚至透過參選，親身體會當年父親努力捍衛的價值是為了什麼？「距今三十五年前的一九八七年七月十五日也是『台灣解嚴紀念日』，人民才真正感受到自由的一刻。享受慣了自由滋味的我們，很難想像，戒嚴到底是什麼。一九六四年魏廷朝、彭明敏、謝聰敏發表《台灣自救運動宣言》，要求台灣前途由人民做主！但魏廷朝卻因此坐牢十七年又一百天，人生三分之一的時間都在牢獄中度過，這是戒嚴導致他們禁錮的一生。」

在父親節前夕她感嘆地說「到了四十歲才懂，你認為理所當然的事情，應該普遍為世人所知的事情，卻要花那麼多時間力氣金錢去宣傳。真的好不容易。」

以當魏廷朝的妻子為榮

收起丈夫來不及說再見的遺憾，張慶惠繼續努力奔走，讓魏廷朝撰寫的《台灣人權報告書：一九四九—一九九五》順利再版；更於二〇一七年完成魏廷朝生前未竟的心願，編撰《賭鬼的後代—魏廷朝回憶錄》並完成出版。二〇一八年張慶惠擔任彭明敏文教基金會董事長時，也籌拍美麗島事件四十周念紀錄片-「台灣歷史有一站—美麗島」，並於二〇二二年於華視播出，同年「覺醒的硬頸時代—魏廷朝的故事」也以短片形式在社群媒體露出，期望透過故事傳頌的形式，讓台灣的轉型正義落實到各個角落。

擔心母親往後人生沒有伴，魏新奇與魏筠也曾鼓勵張慶惠不要排斥重尋人生伴侶的可能，然而，張慶惠卻回答：「我是資深單身的女性，我有婚姻自主權，我現在是單身，我要嫁給誰你們做子女的應該沒有權力可以管，你們也可以去找，要像你爸爸那麼有才華、又那麼憨厚、又那麼正直、又不會說謊的，還有一點要比你爸爸多一點錢……，」開了一連串條件後張慶惠告訴兩兄妹：「不用找了，找不到。妻以夫貴，雖然魏廷朝沒有給我財富以及優渥的生活，可是他帶給我榮耀，我當立委、當董事長的時候，我都特別謹慎，因為我以當魏廷朝的妻子為榮、為傲！」

以魏廷朝為榮，張慶惠婉轉地描述他對魏廷朝的深情，心意相通，雙方都是彼此人生中最美好的天使！

11

政治受難者及其家屬撐起民主的天

被推著向前走

魏廷朝第三次出獄時，江蓋世曾經問他：「有人認為坐牢能增加『政治資產』，你以為呢？」魏廷朝回答：「我反對這種說法。坐牢不是什麼光榮的事，也不是什麼恥辱。你若坐牢，別人亂捧你，不要上當，也不要接受膚淺的讚揚。」（註1）

魏廷朝說的，是為台灣民主奮不顧身後，因為理念而秉持的自律。

「權利是爭取得來的，人民的違憲審判尚未獲得上訴的權利，只要人間尚有政治監獄，我將持續爭取上訴的權利，必須讓受違憲審判的人民有上訴的權利，人民才有受公平審判的機會。『公民權利和政治權利國際公約』（International Covenant on Civil and Political Rights）規定，締約國應承擔保證有效補救被侵犯的權利，政府應勇敢承擔國家應負的責任，由大法官會議廢除違憲法律，有效補救政治受難者的損害。」這是謝聰敏在《台灣自救宣言：謝聰敏先生訪談錄》宣示的主張。

秉持這個原則，謝聰敏終其一生致力爭取白色恐怖政治案件的平反，推動「戒嚴時期不當叛亂暨匪諜審判案件補償條例」，追查拉法葉案。

這兩位同窗好友歷盡威權體制的磨難後，依舊追求理念的實踐，身為他們的妻小，後來也把支持兩人的理念視為使命，魏廷朝的妻子張慶惠如此，謝聰敏的妻子邱幸香也是如此，而且，還要低調地不斷前進。

一九九九年十二月二十八日魏廷朝過世後，張慶惠接棒繼續關懷婦幼弱勢，並且推動客家文化；二〇一九年九月八日謝聰敏過世後，邱幸香投身教會照顧弱勢，選擇做上帝無聲的使徒。因為看過丈夫最辛苦的模樣，扶持丈夫走過最艱困的道路，即使丈夫此生使命已完成，比他們早離世，身為牽手、身為妻子，他們還是堅持守護丈夫一生的理念，相信一切都是最好的安排。

相惜同路人

魏廷朝的女兒魏筠曾說：「時代是這樣的，被迫害的人，因為基於當年的害怕，甚至到最後產生了羞恥，不願再提及當年父執輩所受的傷害，這就是轉型正義最大的敵人。他們邪惡的本質就是為了讓我們的後代感到有一絲一毫的羞恥，這樣就贏了。就像當年父親沒有做錯任何事還是要被刑求，還是要在靈堂上被員警糟蹋、在親族面前看到他手銬腳銬俱在被羞辱的面貌。當我們好不容易鼓起勇氣說出來時，那些邪惡的大人還是會說道：你爸爸就是做錯事所以他被這樣對待。甚至還聯合周遭不明就裡的人，一起針對勇敢說出真相的人，做出所謂檢討被害人的作為。而這樣的檢討一定會造成家屬非常深的痛苦。因為要承擔把傷疤攤在陽光下給眾人觀看後，被恥笑的痛苦。而這樣的效應，也是平庸邪惡的支持者，所欲達到的效果。」

她所描述的就是在推動轉型正義當下，某些輿論會無情攻擊政治受難者及其家屬，那種檢討被害者的惡意。台灣的民主訓練還不夠，對於威權體制的遺毒常常沒有自覺，唯有政治受難者及其家屬互相理解並且對外闡述，才有機會揭開傷痛，用全民的力量去療癒它。

邱幸香就鼓勵大家以同理心換位思考，「政治受難者以及他們的家屬常常會很不平衡，因為他們大部分很有理念，也很優秀，當他看到他的朋友、同儕大家生活都很好，然而他就是因為說真話被關，導致他們生活處處碰壁，這是很痛苦的，人生也無法重來了。所以我是建議政府，轉型正義賠償就盡快給，現在已經立法院通過，你就趕快賠償。因為你能夠做的也只是這樣，你要再進一步心理諮商，弭平創傷是沒有辦法了，因為大家年紀都大了。至少政府趕快給他們賠償，讓他們晚年過得平順。台灣已經沒有政治犯了，趕快做最後的補救，再慢人們都凋零了。」

張慶惠在生前也呼籲：「希望台灣人能夠珍惜這份難得的自由民主。前人的辛苦、前人的血和淚，還有受到的冤獄，在我們爭取人權的過程中，所有的家屬、所有的受難者，我們要謝謝他們。」她還以受難者家屬的立場表明，「我們家屬能夠做到的，就是愛和寬恕，但是不能忘記這段苦難的歷史，所有仁人志士用他們的生命、用他們的血、用他們的淚，替我們的人權寫下的歷史和努力。」

如同魏筠所說的：「只要活得夠久，持續努力不懈，就能夠讓價值能夠被說明，被看見，讓下一代的人都知道。」

註1　江蓋世〈我不是坐牢，我是休息—魏廷朝出獄訪問記錄摘要〉，收錄於魏廷昱、巫秀淇、邱萬興《顛覆朝廷的魏廷朝》。

附錄

參考資料

論文

- 陳昱齊〈國民黨政府對美國台灣獨立運動之因應（一九六一—一九七二）〉，台北：國立政治大學，二〇一二

書籍

- 《台灣自救宣言：謝聰敏先生訪談錄》，訪問記錄／張炎憲、陳美

蓉、尤美琪，國史館，二〇〇八
- 《談景美軍法看守所》，謝聰敏，前衛出版社，二〇〇七
- 《賭鬼的後代─魏廷朝回憶錄》，總策畫／張慶惠，前衛出版社，二〇一七
- 《一中一台 台灣自救宣言四十四周年紀念文集》，彭明敏文教基金會，玉山社，二〇〇八
- 《一九四〇─一九五〇 消失的四〇年代2：背後那支槍，陳婉真，白象文化，二〇一五

感謝照片提供
邱幸香、魏筠、邱萬興、彭明敏文教基金會

國家圖書館出版品預行編目（CIP）資料

我的先生是政治犯：黑牢、黑名單、黑道試煉的愛 / 黃育芯著 . -- 初版 . -- 新北市：斑馬線出版社，2022.10
面；公分

ISBN 978-626-95412-8-7（平裝）

863.55 111016510

彭明敏文教基金會叢書 06

我的先生是政治犯—黑牢、黑名單、黑道試煉的愛

總策劃：財團法人彭明敏文教基金會
作　者：黃育芯
總編輯：施榮華

發行人：張仰賢
社　長：許　赫
出版者：斑馬線文庫有限公司
法律顧問：林仟雯律師

指導贊助：桃園市立圖書館 TAOYUAN PUBLIC LIBRARY
國家人權博物館 NATIONAL HUMAN RIGHTS MUSEUM

斑馬線文庫
通訊地址：234 新北市永和區民光街 20 巷 7 號 1 樓
連絡電話：0922542983

製版印刷：龍虎電腦排版股份有限公司
出版日期：2022 年 10 月
ISBN：978-626-95412-8-7
定　價：280 元